A ÚLTIMA FILHA

FATIMA DAAS

A ÚLTIMA FILHA

TRADUÇÃO
CECILIA SCHUBACK

Este livro foi revisado segundo o Acordo Ortográfico da Língua Portuguesa de 1990, em vigor no Brasil desde 2009.

Edição **Ana Cecilia Impellizieri Martins**
Assistente editorial **Meira Santana**
Tradução **Cecilia Schuback**
Copidesque **Elisabeth Lissovsky**
Revisão **Livia Azevedo Lima**
Projeto gráfico e diagramação **Violaine Cadinot**

CIP-Brasil. Catalogação na Publicação
Sindicato Nacional dos Editores de Livros, RJ

D11u

Daas, Fatima, 1995-
A última filha / Fatima Daas ; tradução Cecilia Schuback. - 1. ed. - Rio de Janeiro: Bazar do Tempo, 2022.
196 p. ; 19 cm.

Tradução de: La petite dernière
ISBN 978-65-86719-97-0

1. Novela francesa. 2. Autobiografia na literatura. I. Schuback, Cecilia. II. Título.

21-72266 CDD: 842.92
CDU: 82-31

Gabriela Faray Ferreira Lopes - Bibliotecária - CRB-7/6643

1ª reimpressão, maio 2023

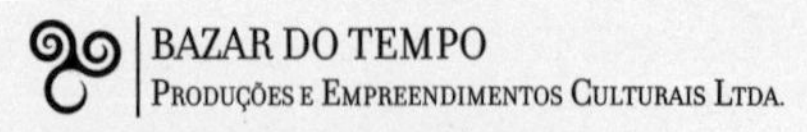

Rua General Dionísio, 53 - Humaitá
22271-050 Rio de Janeiro - RJ
contato@bazardotempo.com.br
www.bazardotempo.com.br

O monólogo de Fatima Daas se constrói por fragmentos, como se ela atualizasse Barthes e Mauriac no subúrbio parisiense de Clichy-sous-Bois. Ela cava um retrato, como uma escultora paciente e atenta... ou como uma desarmadora de bombas, consciente de que cada palavra pode fazer tudo explodir, e que devemos escolhê-las com um infinito cuidado. Aqui, a escrita procura inventar o impossível: como conciliar tudo, como respirar em meio à vergonha, como dançar em um beco sem saída até abrir uma porta onde antes havia um muro. Aqui, a escrita triunfa mantendo-se discreta, sem tentar fazer muito barulho, numa expressão de inaudita ternura pelos seus, e é através da delicadeza do seu estilo que Fatima Daas abre a sua brecha.

Virginie Despentes

A ÚLTIMA FILHA

Eu me chamo Fatima.

Eu carrego o nome de uma personagem simbólica do Islã.

Eu carrego um nome que deve ser honrado.

Um nome que não se pode "sujar", como dizemos em casa.

Em casa, sujar é desonrar. *Wassekh*, em árabe argelino.

Que a gente chama *darja, darija* para dizer dialeto.

Wassekh: sujar, estragar, manchar.

É polissêmico.

Minha mãe usava a mesma palavra para me dizer que sujei as minhas roupas, a mesma palavra quando ela chegava em casa e encontrava seu Reino bagunçado.

Seu Reino: a cozinha.

Lá, não podíamos colocar os pés nem as mãos.

Minha mãe detestava quando as coisas não eram devolvidas para o seu lugar.

Havia códigos na cozinha, como em outros lugares, era preciso conhecê-los, respeitá-los e segui-los.

Se não fôssemos capazes disso, teríamos que nos manter afastados do Reino.

Entre as frases que minha mãe sempre repetia, havia a seguinte: *Makènch li ghawèn, fi hadi dar, izzèdolèk.*

Parecia uma frase feita no meu ouvido.

"Nessa casa não há ninguém que ajuda: agora, dar mais trabalho, sim."

Ao torcer os dedões dos pés nas minhas meias três quartos, eu respondia sempre a mesma coisa:

– Se você precisa de ajuda, é só falar, não sou vidente, não posso adivinhar.

Ao que a minha mãe respondia na bucha que não precisava da "nossa" ajuda. Ela prestava bem atenção para dizer "nossa", uma maneira de mostrar sua reprovação coletiva, de evitar que eu a entendesse como pessoal, que eu me sentisse atacada.

Minha mãe começou a cozinhar com quatorze anos.

De início, coisas que ela chama *sahline*: fáceis.

Couscous, *tchoutchouka, djouwèz,* tagines de cordeiro com ameixas, tagines de frango com azeitonas.

Aos quatorze anos, eu não sabia fazer a minha cama.

Aos vinte anos, eu não sabia passar uma camisa.

Aos vinte e oito anos, eu não sabia fazer massa amanteigada.

Eu não gostava de estar na cozinha, a não ser para comer.

Eu gostava de comer, mas não qualquer coisa.

Minha mãe cozinhava para toda a família.

Elaborava cardápios em função dos nossos caprichos.

Tinha peixe se eu recusasse a carne; o meu pai não podia ficar sem, e ela nunca faltava no seu prato.

Se Dounia, minha irmã mais velha, quisesse batata frita em vez de uma refeição tradicional, ela conseguia.

Até onde me lembro, vejo minha mãe na cozinha, suas mãos feridas pelo frio, suas bochechas definhadas, desenhando uma figurinha com ketchup na minha massa, decorando a sobremesa, fazendo chá, guardando as panelas no forno.

Só me resta uma única imagem: nossos pés debaixo da mesa, a cabeça em nosso prato.

Minha mãe no fogão, a última a se sentar.

O Reino de Kamar Daas não era o meu espaço.

Eu me chamo Fatima Daas.

Eu carrego o nome de uma garota de Clichy que viaja para o outro lado da periferia a fim de estudar.

Na estação de Raincy-Villemomble, consigo o jornal *Direct Matin* antes de pegar o trem das 8h33. Lambo meu dedo para percorrer as páginas com eficiência. Na página 31, o grande título: Relaxar.

Debaixo da previsão do tempo encontro o horóscopo.

Na plataforma, leio meu horóscopo do dia e da semana.

Se quiser ser capaz de suportar a vida, esteja preparado para aceitar a morte (Sigmund Freud).

Seu clima astral: não se aflija se não puder dar conta de todas as demandas feitas a você, pense em você! Reflita antes de se lançar em grandes projetos, não confunda o seu otimismo com forma olímpica.

TRABALHO: Você terá que tomar decisões enérgicas. Hoje, seu realismo será, sem dúvida, o seu melhor trunfo.

AMOR: Se você está num relacionamento, preste atenção para não desencorajar seu parceiro com suas exigências excessivas. Se estiver sozinho, pode sonhar com o príncipe encantado, mas não espere encontrá-lo na esquina.

Eu percorro então as desgraças do mundo tentando renunciar ao desejo de observar as pessoas no trem.

Não tem um dia sem que os passageiros se recusem a avançar nos corredores. Pela manhã, repito a mesma fórmula não mágica: "Pode avançar, por favor? Há pessoas que querem ir ao trabalho, como você."

No final do dia, mudo meu tom.

Eu suprimo voluntariamente as cortesias.

Esses passageiros que não avançam nos corredores são os mesmos que correm para descer nas duas estações seguintes: Bondy ou Noisy-le-Sec.

O truque: ficar perto das portas de saída para não perderem a sua parada.

No ônibus, me asseguro de que a mulher com o filho, a mulher grávida, a mulher idosa tenham um lugar.

Me concentro exclusivamente nas mulheres.

Me sinto obrigada a dar uma de justiceira, a defender as outras, a falar por elas, a dar voz às suas palavras, a tranquilizá-las, a salvá-las.

Não salvei ninguém, nem Nina nem minha mãe.

Nem sequer minha própria pessoa.

Nina tinha razão.

É nocivo querer salvar o mundo.

Eu me chamo Fatima Daas, mas nasci na França, no 78º distrito, em Saint-Germain-en-Laye.

Eu vim ao mundo de cesariana na clínica Saint-Germain na rua de la Baronne-Gérard.

Cesariana, do latim *caedere*: "talhar", "cortar".

Incisão no útero.

Depois do meu nascimento, aos trinta anos de idade, minha mãe teve um infarto.

Eu me culpo por ter nascido.

Fui tirada do ventre da minha mãe ao amanhecer.

Eu não nasci asmática.

Eu me tornei uma.

Eu entro oficialmente na categoria dos asmáticos alérgicos aos dois anos de idade.

Na adolescência, escuto pela primeira vez a palavra "severa" para qualificar a minha doença.

Eu entendo aos dezessete que tenho uma doença invisível.

Minha estadia mais longa no hospital dura seis semanas.

Minha irmã Dounia diz que sou uma esponja.

Demorou muito tempo para eu perceber que as minhas crises respiratórias poderiam ser desencadeadas por emoções.

Eu tenho que seguir um tratamento médico, regularmente, por toda a vida.

Seretide: duas vezes por dia, um de manhã, outro à noite.

Inorial: um comprimido de manhã.

Singulair: um comprimido à noite.

Ventilan: em caso de desconforto respiratório.

Eu me chamo Fatima.

Fatima é a filha mais nova do último profeta, Maomé – *Salla Allah alayhi wa salam*, que paz e saúde estejam com ele –, e da sua primeira mulher, Khadidja.

Eu me chamo Fatima.

Só Deus sabe se carrego bem o meu nome.

Se eu não o sujo.

Fatima significa "pequena camela desmamada".

Desmamar, em árabe: *fatm*

Parar o aleitamento de um bebê ou de um animal jovem para fazê-lo passar a uma nova alimentação. Sentir-se frustrado, separar alguém de alguma coisa ou alguma coisa de alguém ou alguém de alguém.

Como Fatima, eu deveria ter tido três irmãs.

Uma das minhas irmãs perde a vida algumas horas depois de nascer.

Seu nome era Soumya.

Fatima é referida por seu pai como a mulher mais nobre do paraíso.

O profeta Maomé – que a paz de Deus e as suas bênçãos estejam com ele – disse uma certa vez: "Fatima é uma parte de mim, quem a prejudica me prejudica."

Meu pai não diria uma coisa dessas.
Meu pai já não me diz muito mais.

Eu me chamo Fatima.

Eu sou uma pequena camela desmamada.

Eu sou a *mazoziya*, a última.

A caçula.

Antes de mim, havia três filhas.

Meu pai esperava que eu fosse um menino.

Durante a infância, ele me chama *wlidi*, "meu filhinho".

No entanto, ele deveria me chamar *benti*, minha filha.

Ele sempre diz: "Você não é minha filha."

Para me tranquilizar, entendo que sou seu filho.

Minha mãe me veste até os meus doze anos.

Ela me faz andar com vestidos floridos, saias pregueadas, sapatilhas, tenho fitas de cabelo de várias cores, em forma de coroas.

Nem todas as meninas querem ser princesas, mamãe.

Eu detesto tudo que se refere ao mundo das meninas como aquele que minha mãe me apresenta, mas ainda não estou consciente disso.

Meu pai me acompanha à escola, às vezes.

Ele não verifica os meus deveres.

Ele não me pergunta o que aprendi.

Ele espera que minha mãe o faça.

Minha mãe sempre diz: "Eu faço meu *wajeh*."
O *wajeh*: o papel.
Seu papel de mãe.

Um papel: função preenchida por alguém; atribuição designada a uma instituição. Conjunto de normas e expectativas que rege o comportamento de um indivíduo, a partir de seu estatuto social ou de sua função num grupo.
Meu pai não fala de seu *wajeh*.

Minha mãe prefere que eu use top de ginástica em vez de sutiã, pois acha isso menos ousado.
Ela também não quer que eu me depile.
Dounia lhe disse para me deixar depilar pelo menos as axilas, até eu crescer.
Ela repete que tenho tempo para isso.

Antes da adolescência, meu pai cantava canções para mim.
Ele também contava histórias.
Loundja! Loundja, a princesa com cabelos de ouro.
Meu pai começava sempre a sua história com: "Era uma vez".
Era uma vez Loundja.
Uma princesa aprisionada desde pequena pela ghoula, a ogra, na mais alta torre de sua fortaleza, onde não havia nem porta nem janela. A ogra usava

os longos cabelos de Loundja para escalar a torre.

Uma noite, sem grande surpresa, um príncipe a descobre.

Ele se apaixona. Ele volta para salvá-la. Ele se casa com ela.

Como em muitas histórias, Loundja e o príncipe se casaram e tiveram muitos filhos.

O que eu mais amava, era o tempo que meu pai levava para descrever com precisão os longos cabelos dourados de Loundja.

Quando ele não me contava a história de Loundja, ele retraçava o conto do profeta Youssef – *Alayi Salem*, que a saúde esteja com ele.

Ele insistia sobre a anedota dos irmãos do profeta. Corroídos pela inveja, decidiram jogar Youssef nas profundezas de um poço.

Meu pai me sussurrou no ouvido: "*Balak yiderolek kima Youssef*". Atenção para que as suas irmãs não façam a mesma coisa com você!

Eu tinha dificuldade de diferenciar o humor e os alertas do meu pai.

No começo da tarde se impunha a cena da sesta.

Eu tinha crises para não me obrigarem a dormir.

Depois, eu acabei entendendo que, para ter o que eu desejava, era preciso disfarçar.

Eu descobri a astúcia. Sem choramingar, sem gastar energia.

E funcionava toda vez.

Meu pai me levava para a sala, nos deitávamos um ao lado do outro em frente da televisão, minha cabeça no seu ombro. Minha mão sobre a sua cabeça. Era meu pai quem dormia primeiro.

Ele fazia a sesta que eu devia fazer.

Eu me reunia com Dounia e Hanane, que brincavam no jardim.

Minha mãe ainda estava na cozinha.

Eu me chamo Fatima.

Eu sou asmática alérgica.

Os médicos dizem que não levo meu tratamento "a sério".

Acontece de eu esquecer meu tratamento.

De decidir parar de fazê-lo por causa dos efeitos indesejáveis.

De decidir parar de fazê-lo por outras razões.

E, ao contrário, de não respeitar as doses prescritas, de inalar várias baforadas de Ventilan, o que provoca taquicardia.

Eu engulo os mesmos remédios, várias vezes por dia, desde o começo da minha vida, e isso tem risco de se estender ao longo do tempo.

Eles dizem que esquecer do tratamento é recusar cuidar de mim, do meu corpo, da minha saúde.

"Eles": os que tentaram me fazer entender a minha doença, coisa que eu não entendo.

Pneumologistas, médicos, enfermeiros, cinesioterapeutas.

Penso na Monique Lebrun, a médica que me trata, que me acompanhou durante dez anos, até se aposentar.

Ela, aquelas e aqueles com os quais cruzei nos hospitais com as suas blusas brancas ou azuis, aquelas e aqueles que me ensinaram a respirar corretamente, como os outros.

– Você está pronta? Vamos lá. Inspire pelo nariz enchendo os pulmões de ar. Agora, expire pela boca, assim, bem devagar. Sim, isso aí, assim, muito bem, minha linda.

Eu detestava que me chamassem de "minha linda".

Por três quartos do tempo em consulta não entendo nada do que Monique diz. Tenho a impressão de que ela ficou presa no século XIX.

Ela cita Baudelaire e Rimbaud.

Ela fala a mesma língua que eles.

A doutora Lebrun usa jalecos que ela abotoa até em cima.

Eu não consigo ver o seu pescoço.

Eu então o imagino.

Eu não consigo me impedir de lançar uns olhares furtivos para o seu peito caído.

Impossível distinguir seus seios redondos de seu ventre macio.

Seus óculos ficam pendurados como um colar em torno de seu pescoço.

Ela tem as mãos que tremem quando me passa a receita.

Dia 24 de novembro, Monique decide aumentar as doses do meu tratamento.

Passagem obrigatória do Seretide Diskus 250 para o Seretide Diskus 500.

Eu me chamo Fatima Daas.

Eu sou francesa.

Eu sou de origem argelina.

Meus pais e minhas irmãs mais velhas nasceram na Argélia.

Sou árabe, logo, muçulmana.

Minha mãe é muçulmana.

Meu pai é muçulmano.

Minhas irmãs, Dounia e Hanane, são muçulmanas.

Nós somos uma família de árabes muçulmanos.

Nós deveríamos ser uma família de seis árabes muçulmanos.

A primeira vez que minha mãe me fala da morte da nossa irmã mais velha, Soumya, eu lhe digo que Soumya tem sorte.

Na religião muçulmana, se um filho morre, ele entra no paraíso.

Então eu rezava para ser uma Soumya eu também.

Eu sabia que eu não seria o que chamamos de uma boa, verdadeira muçulmana.

Minha mãe diz que se nasce muçulmano.

Eu acredito, no entanto, que eu me converti.

Eu acredito que eu continuo a me converter ao Islã.

Eu tento ficar o mais perto possível da minha religião, me aproximar, fazer dela *a way of life*, um modo de vida.

Eu amo ficar no meu tapete de oração, sentir minha testa no chão, me ver prosternada, submissa a Deus, implorar a Ele, me sentir minúscula em face a Sua grandeza, a Seu amor, a Sua omnipresença.

Eu me chamo Fatima.

Eu carrego o nome de uma garota de Clichy que passa mais de três horas por dia em transportes públicos.

No trem, uma mão magricela se agarra à porta.

Um homem segura um cantil verde fluorescente.

Please mind the gap between the train and the platform.

Passageiros em pé tentam manter seu equilíbrio.

Você pode segurar o corrimão, encostar-se às portas, apoiar-se às janelas e observar os passageiros que se preparam para liberar seus assentos. Ou agarrar o braço de um amigo, se você tiver um.

Por favor, no olvide recoger todo su equipaje.

Há aquelas que contam as estações.

Aqueles que brigam ao telefone.

Aquelas e aqueles que carregam mochilas.

Aquelas que riem alto, que são notadas.

Aqueles que olham de canto a tela do vizinho.

Aqueles que, sentados, estão imersos no seu telefone, tablet ou livro e ignoram aqueles ao seu redor.

Há carrinhos de bebê e malas.

"A circulação de trens está temporariamente interrompida devido a um incidente."

Eu me chamo Fatima Daas, mas nasci nos Yvelines.

Quando eu tinha oito anos, deixamos o 78 para o 93.[1]

Nós deixamos Saint-Germain-en-Laye para nos mudarmos para uma cidade de muçulmanos: Clichy-sous-Bois.

Fora de minha família, em Clichy-sous-Bois, as pessoas com quem cresci, a vizinhança, os amigos, os colegas de classe são quase todos muçulmanos. Portanto, não tenho nenhum problema em ser uma "muçulmana".

Aos oito anos eu acho que:

Todo magrebino é muçulmano.

Os muçulmanos são aqueles que não comem carne de porco e jejuam no Ramadão.

Jejuar é colocar-se no lugar de pessoas que não têm o que comer.

Os muçulmanos não bebem.

Os magrebinos se casam, têm filhos e depois netos.

Eu estou na escola primária quando faço o Ramadão pela primeira vez.

1 Números de departamentos do subúrbio de Paris. (N. E.)

É inverno.

Eu não jejuo durante o mês todo, eu jejuo à minha maneira: a metade dos dias.

Eu detesto comer de manhã.

Eu fico enjoada, eu não tomo café da manhã nem quando minha mãe insiste.

Às vezes ela fica na cozinha para verificar se bebi a tigela de leite que ela preparou para mim.

Assim que ela vira as costas, eu aproveito para jogá-la na pia.

A primeira vez que faço o Ramadão, entendo imediatamente o que significa pertencer.

Como toda a minha família, eu jejuo.

Às onze horas e meia terminam as aulas.

Eu volto para casa.

Minha mãe me pergunta se aguento.

Meu estômago responde por mim:

"Ainda tem sorpa e bourek de ontem?"[2]

2 Sorpa é um prato típico do Norte da África, parecido com caldo de carne. Bourek é pastel que pode ser recheado com carne, queijo ou espinafre. (N. T.)

Eu me chamo Fatima Daas.
Meu pai se chama Ahmed. *Ahmad*: digno de louvor.
Minha mãe, Kamar, a lua.

Ele tem olhos negros, Ahmed, como eu.
Temos os mesmos olhos.
Os olhos negros existem.
Ahmed tem mais de dois metros de altura. Todos os dias, quando ele passa pela porta, ele tem que se lembrar de baixar a cabeça, às vezes ele esquece e bate.
Atrás dele, eu rio suavemente. Minha mãe também.
Kamar Daas tem cheiro de camomila. Minha mãe tem um olfato muito bom.
Quando comecei a fumar, ela sentiu logo o cheiro.
Lá fora, Ahmed caminha com a cabeça erguida e seu peito curvado.
Kamar, o olhar para o chão.
Ela tem um nariz grego e as narinas quase fechadas.
Às vezes quero chamar Ahmed Daas, *Abi*, "meu pai", e às vezes não consigo.
Minha mãe é mais baixa do que eu, com menos de 1,66 m. Ela tem grandes bochechas cor-de-rosa e mãos de pedreiro.
Meu pai tem oito irmãos e irmãs. Minha mãe, dez.

Minha mãe deixou sua família para seguir meu pai para a França.

Minha mãe não é apenas uma dona de casa, não é apenas uma mãe de casa, não é apenas uma mãe.

Eu me chamo Fatima Daas.

Eu nasci de cesariana na clínica Saint-Germain na rua de la Baronne-Gérard.

Cesariana, *caedere*: talhar, cortar.

Incisão no útero.

Aos 25 anos, conheci Nina.

Nina, do celta, "cume", do hebreu, "graça".

Santa Nina difundiu a religião cristã em toda a Geórgia no século IV.

Mas Nina Gonzalez não é santa nem cristã.

Eu acho que Nina é uma personagem simbólica em minha história.

A primeira vez que vejo Nina, fico imediatamente intrigada.

Ela coloca as mãos nos bolsos de trás de seus jeans.

Seus óculos escuros, na cabeça, retêm seus cabelos.

Quando ela não está de óculos escuros, ela deixa uma mecha cobrir uma parte do rosto. Então, só se vê um olho.

Aquele à direita.

Acima dele, uma sobrancelha escura, do mesmo tom de seus cabelos.

Nina se esconde sob roupas escuras.

Pretas.

A ela são atribuídas origens diferentes, mas não as certas.

Ela responde sim quando um colega pergunta se ela tem “sangue hindu”, sim, se alguém acha que ela é haitiana.

Ela tem um corpo esbelto, dinâmico.

Um andar suave e ligeiro.

Ela não se senta, Nina.

Não por muito tempo.

Na maioria das vezes, ela é movimento.

Ela enrola cigarros, ela bebe café.

Ela fuma baseados e bebe cerveja.

Quando ela não enrola cigarros, ela fuma Marlboro vermelho.

Ela tem um olhar frágil, inseguro, sem certeza, duro e delicado, macio.

Olhos marrons, quase negros, tenebrosos.

Ela oscila entre ligeira e séria.

Ela ri de tudo, dos outros e sobretudo de si mesma.

Ela diz que o riso protege.

Ela não responde às perguntas.

Ela diz que ela não sabe por que não responde às perguntas.

Acho que é porque ela duvida de mim, dos outros e sobretudo de si mesma.

Nina é a única que me pergunta se estou bem, várias vezes na mesma frase, várias vezes no mesmo dia.

Eu terei lembranças dela por toda parte em Clichy-sous-Bois, Paris e outros lugares.

Nina está sentada à minha esquerda.

Estou sentada à sua direita.

Estamos sob uma árvore, os galhos curvados que nos rodeiam.

O céu está aberto, o sol nos acerta com força.

A onda de calor também.

Passa um pombo.

Ele chama a minha atenção, a dela também, nos viramos juntas, ao mesmo tempo, como se para vê-lo se afastar.

Eu deixo de olhar o pombo.

Eu a vejo, ela, ainda o olhando.

Rajadas de vento atravessam nossos corpos.

Ela diz: "Isso faz bem", sorrindo.

Eu olho para ela.

Eu repito estupidamente: "Isso faz bem".

Eu me vejo sentada no mesmo lugar novamente, com alguma outra pessoa.

Um menino que eu não olhava.

Eu me chamo Fatima.
Fatima, pequena camela desmamada.

Antes dos meus dezenove anos, eu decido me matricular na escola de asma.

A escola de asma é um conceito criado em 1991 pela associação Asma & Alergias, com o objetivo de dar uma educação terapêutica menos entediante que os cursos teóricos.

Antes de ir, leio alguns folhetos para saber o que esperar.

Eu aprendo que essa formação me permite conhecer melhor minha doença e controlá-la.

A escola ensina como tornar-se *dono de seu atendimento*, como *controlar melhor os desencadeamentos*, *prever e evitar o início de um ataque de asma* ou *impedir que ela se agrave*, e, sobretudo, você é ensinado a *aceitar a doença*.

Eu me chamo Fatima.

Eu carrego o nome de uma personagem simbólica no Islã.

Eu carrego um nome que não se deve sujar, um nome que devo honrar.

Eu me chamo Fatima e sinto Deus onde quer que eu vá, onde quer que eu esteja.

Eu sinto a Sua graça me envolver.

Quando saio da minha casa de manhã, rezo uma oração:

"Eu começo com o nome de Alá, eu confio em Alá. Não há proteção, não há força exceto Alá. Ô Alá, eu Lhe peço me impedir de desviar dos outros ou de ser desviada por outros. Eu Lhe peço me impedir de cair em pecado ou ser levada ao pecado por outros. Eu Lhe peço me impedir de cometer injustiça ou de sofrer eu mesma uma injustiça."

Eu me chamo Fatima Daas.
Eu sou uma mentirosa.
Eu sou uma pecadora.

Na escola primária, digo a Alexandra e a Amina que estou apaixonada por um menino.
São as minhas melhores amigas na época.
O menino se chama Jack.
Ele é francês.
Ele é loiro de olhos verdes.

Em casa escrevo na janela embaçada:
"Fatima + Jack = Amor."
Jack não está apaixonado por mim.
Não estou apaixonada por Jack.
Mas eu gostaria de ter um namorado, como Alexandra e Amina.
Alexandra é portuguesa católica, seu escolhido se chama Daniel.
Amina é argelina muçulmana, mas não aparenta.
Todos dizem que sua família é "afrancesada", porque Amina vai ao conservatório de música em Livry, ela estuda piano e faz ginástica também.
Sua mãe não usa véu.
Seu pai não tem uma barba longa.

Eu me chamo Fatima.

Eu sou essa suburbana que observa os comportamentos parisienses.

No trem, há sempre os mesmos olhares malévolos para aquelas que empurram seus carrinhos de bebê. As que raramente são ajudadas a descer as escadas quando não há elevadores, as que são impedidas de passar na frente para saltar do ônibus porque pode levar horas, as mesmas para quem damos lugar com dó.

Digo "elas" porque na maioria das vezes são "elas", e não "eles", que estão atrás do carrinho de bebê nas manhãs.

As pessoas se irritam com a mãe quando o guri começa a choramingar.

As pessoas se viram, se agitam, cochicham.

As pessoas procuram a fonte desses malditos soluços.

Quando finalmente são localizados, as pessoas lançam olhares de raiva.

O olhar que quer dizer: "Você não pode calar seu menino, vadia!" Depois as pessoas se viram, bufando.

Num silêncio bem alto, as pessoas pensam que se trata de uma péssima mãe.

Eu me chamo Fatima.
Eu sou asmática.
Eu sou portadora de uma doença invisível.

Uma alergista, um dia, reclama que eu não vim a uma consulta em 1997.
Eu tenho dois minutos de lapso.
Eu faço as contas na minha cabeça.
Eu respondo que eu tinha cinco anos na época.

Desde criança, me repetem que a asma é uma doença que vai desaparecer com o tempo.
Eu não aguento mais frases que terminam com "o tempo".
Eu não aguento mais a espera.

A primeira sessão na escola de asma acontece numa terça-feira de manhã, às dez horas, em Montfermeil. A comuna colada a Clichy-sous-Bois.
Frequentemente as pessoas confundem e pensam que as duas cidades são uma só. Não é nada de mais, todos se conhecem uns aos outros.
A maioria de nós frequentou a mesma escola secundária.
Existe apenas uma: o liceu Alfred-Nobel, entre Clichy e Montfermeil, e na fronteira de Gagny.

Saindo da casa dos meus pais, subo a aleia de Bellevue, passando pela residência Le Hameau de la Verrière, um atalho para chegar no ponto de ônibus. Ninguém diz "de la Verrière". Dizemos "Hameau", simplesmente.

Eu entro no 613 ou no 601, não sei mais, o primeiro que chega. Ele para em frente ao hospital. Só tenho que atravessar a calçada e entrar no salão amarelo-mostarda, o que sempre me deixa enjoada.

Sala B2. Há um grupo de quatro pessoas já sentadas ao redor de uma mesa de reunião retangular, de diferentes sexos e idades, o médico e a enfermeira em pé ao lado da porta, café e chá na mesa, com madalenas Bonne Maman[3] do Carrefour.

Eu era a única que restava. Iniciamos a sessão como todas as sessões, por apresentações. Fazemos uma volta em torno da mesa como todos aqueles momentos em que você tem que falar sem ter nenhuma vontade. Chamei isso de rodada dos alcoólatras anônimos. Você tem que falar de sua identidade. Dizer o mínimo indispensável: pare em seu sobrenome, nome e idade, três coisas que você não escolhe.

Temos o mesmo problema, a mesma doença.

Essa é uma das razões pelas quais eles nos reúnem, para que a gente se sinta menos só. Eles dizem

3 Marca de produtos alimentícios bem popular na França. (N. E.)

que é necessário ouvir outras experiências e compartilhar as suas próprias com eles.

Eu não compartilho nada.

No fim da manhã, uma psicóloga clínica nos visita.

Quando chega, o médico e a enfermeira deixam a sala.

– Vocês podem me chamar de Clarisse, não precisam me chamar de senhora. Fiquem à vontade para falar, me interromper, quando quiserem.

Logo de cara, ela nos adverte que formaremos duplas.

Ela tem grandes olhos azuis, céu ou oceano. Ambos. É tudo a mesma coisa.

Clarisse fala sobre a síndrome "paternalista" que certos médicos têm. Eu acho isso justo, bem falado, sai bem de sua boca em V.

Eu assinto a tudo que ela fala, sem dar uma palavra.

Quando Clarisse, com seu grande sorriso, me propõe que eu fale, eu recuso gentilmente.

Depois de uma hora com a psicóloga, a doutora Cerisier, a enfermeira bate na porta. Enquanto ela fala, a doutora Cerisier passa o dedo indicador atrás da orelha. Este é um de seus toques obsessivo-compulsivos que ela não consegue esconder.

Durante as oficinas práticas, aprendemos a usar um “deb”.

Quando a enfermeira diz “deb”, fico com um pequeno sorriso estúpido.

Não há nenhum idiota feliz no grupo. A não ser eu.

Ela não diz “D”, “E”, “B”, nem “debitômetro”, mas “deb”. Abaixo os olhos, começo a rabiscar algo no meu papel, como se não houvesse nada, mas noto que os outros quatro olhares estão na Cerisier que está explicando como usar o deb, o debitômetro.

Ele permite controlar o fôlego.

Eu me chamo Fatima Daas.
Eu sou muçulmana, então tenho medo:
Que Deus não me ame.
Que Ele não me ame como eu O amo.
Que Ele me abandone.
De não ser aquela que eu "deveria".
De questionar o que Deus me mandou fazer.
De estar entregue a mim mesma.
De acordar no meio da noite, apavorada.

Eu falo para Alá, o Todo-Misericordioso, quando faço as minhas cinco orações.
Acontece de eu me desconcentrar.
De ficar absorvida pelos pensamentos.
Eu tento me reconectar, me desligar desse mundo baixo que parece ser a minha principal preocupação.
Estimo esse momento de troca com Alá.
Deus não precisa que eu reze por Ele.
Sou eu quem precisa disso.

Eu penso que eu sou hipócrita.
Eu pequei.
Eu parei de pecar.
Eu pequei de novo.
Eu me chamo Fatima Daas.
Eu sou uma pecadora.

Eu me chamo Fatima.

Eu sou muçulmana.

Às vezes tento fazer *dhikr* durante meus trajetos, mas todas essas vozes misturadas esguicham ao meu redor, e eu então me dissolvo no ruído dos ramos, nas palavras parisienses, nos odores de suor, álcool e perfume.

Me desculpe, eu gostaria de sair. Que merda! Eu não acho mais a minha passagem. Esta criança é realmente insuportável. Ele não quer parar. Eu saio na próxima. Menina, você é linda. Você pode abrir a janela, por favor. Estou todo esmagado. Deixa para lá, vou desligar, você está começando a me irritar. Estamos chegando à Gare du Nord, não se preocupe, todo mundo vai sair. Por que ele está olhando assim para mim? Perverso! Mamãe, quantas estações faltam? Não consigo mais respirar. Olá, senhoras e senhores, lamento incomodá-los em seu trajeto. Então, aqui estou eu, há dez anos, na rua. Aceito qualquer coisa que possam me dar, vale-refeição, um trocado. Obrigado, tenham um bom dia.

Uma mulher enrola seu xale até as narinas.

O ruído das moedas amarelas no copo.

Batom nos lábios, meio borrado.

Um homem, de perfil, com um boné Yamaha, resmunga.

Pegaram seu lugar.
Eu lhe dou o meu.
Ele me agradece sem me olhar.

O *dhikr* é repetir o nome de Deus para reavivar Sua lembrança.

Eu me chamo Fatima.

Eu tenho uma doença crônica.

Uma doença que não parece se curar com o tempo.

Adulta, espero o último minuto para ir ao hospital, quando sinto que meus pulmões se fecham.

Pequena, em Clichy-sous-Bois, minhas crises de asma começam frequentemente à noite, durante meu sono.

Desço da cama-beliche, suavemente, de maneira a não perturbar o sono das minhas irmãs, mas a minha falta de jeito deixa o seu rastro.

Acontece de eu fazer a cama rugir descendo a escada, de pisar no dedão da Dounia, que dorme num colchão no chão, ou de tossir um pouco forte demais.

Às vezes, os três ao mesmo tempo.

Quando atravesso a porta, eu estou quase salva, só preciso virar à esquerda para entrar no quarto dos meus pais.

Ele está fechado, mas nunca com chave.

O nosso tampouco, aliás.

A tevê ainda acesa, al-Jazira ou TV BFM, subo na cama dos meus pais, deslizo entre eles.

Separo seus corpos já bem distanciados.

Tenho uma respiração assobiante, minha mãe acorda.

Depois de *salat Sobh*, a primeira oração do dia, meu pai me leva ao hospital no seu carro Mercedes-Benz cinza metálico. Estou meio adormecida, e os assobios persistem na expiração. Meu pai me pergunta, no carro, se estou com dor em algum lugar.

Chegando no hospital, tenho direito a quatro aerossóis respiratórios que dilatam meus brônquios. Sentado numa cadeira perto da cama, meu pai diz depois de cada aerossol, aproximando sua cabeça de meu ombro: *Thèssè darlk haja?* "Você sente que funciona?".

Meu pai não confia na medicina nem na educação.

Eu me chamo Fatima.

Fatima é um nome feminino, muçulmano. Eu começo a me vestir "como um menino" com a idade de doze anos.

Eu não percebo isso de imediato, mas me fazem notá-lo.

Eu coloco moletons com capuz, calça de correr, Air Max.

Prendo os meus cabelos num coque ou num rabo de cavalo.

Coloco gel para cobrir os cabelinhos que aparecem na frente.

Os cabelos *khrach*, crespos, os cabelos de "árabe".

Às vezes eu coloco um boné que meu amigo Moussa me emprestou outro dia.

Eu vou usá-lo durante todo o meu período no colégio, até que a dona Salvatore, a CPE,[4] o confisque definitivamente.

No colégio, a gente não tem direito a fones nem a celulares.

4 Em francês, CPE significa "Conseil principal d'éducation". Corresponde ao que se chama em português de "inspetor de ensino". (N. T.)

A gente não tem direito de andar de boné nos corredores.

A gente, simplesmente, não tem direito de andar de boné.

No colégio, tenho amigas, mas prefiro andar com os meninos.

Somos um bando de seis.

Moussa, Zaidou e seu irmão mais novo Moun.

Todos os três são comorianos muçulmanos.

Samir é marroquino muçulmano.

Wilkens é o cristão do bando.

Eu sou a única menina do grupo, mas eu não sei disso ainda.

É na aula de educação física que menstruo pela primeira vez.

Eu entendo que sou uma menina.

Eu choro.

À noite, eu digo à minha mãe que eu não quero.

Ela me explica que é natural.

Eu detesto a natureza.

Eu me chamo Fatima Daas, nasci na França, às vezes leva mais do que quatro horas de condução para eu chegar ao curso, ao trabalho, ao teatro, ao museu, ou voltar para a casa dos meus pais.

Eu começo a pegar transportes regularmente com dezoito anos.

Depois de certo tempo sinto o "cansaço de transportes", aquele que leva você a ter uma enxaqueca quase no mesmo horário toda noite, que faz você descobrir prematuramente a velhice de seu organismo, que aborrece o seu humor, incita você a ter reações excessivas, a xingar quase tanto quanto os parisienses e a ter ataques de cólera dificilmente controláveis.

É esse mesmo cansaço que faz você pensar em "se acercar".[5]

"Se acercar", é partir.

Partir: trair, renunciar e deixar.

5 *"Se rapprocher"*, acercar, que pode ser entendido como se aproximar, mas também como colocar uma cerca. "Se acercar" é largar. Largar: trair, renunciar e deixar. (N. T.)

Eu me chamo Fatima.

Fatima Daas.

Eu carrego o nome de uma personagem simbólica no Islã.

Nina Gonzalez é a heroína da minha história.

Um dia decido convidar Nina.

Eu não sugiro beber alguma coisa.

É o que todo mundo faz.

Eu a convido para me ver em cena.

Mais tarde vou propor a ela tomar um drinque, ir ao teatro, visitar uma exposição.

– Eu posso reservar dois lugares se você quiser vir acompanhada, Nina.

Nina traga fortemente seu cigarro me olhando, e eu observo a fumaça se espalhar em cima da sua cabeça.

– Eu não sou capaz de achar uma companhia adequada para ir ao teatro. Sinto muito por despertar sua curiosidade.

Nina vem me ver sozinha, o que me alivia um pouco.

As luzes se apagam, se acendem.

Eu reconheço certos rostos como o de Rokya na segunda fila. Rokya é a minha melhor amiga.

Eu vejo Nina no fundo da sala, mas eu não a olho por muito tempo.

Os aplausos retumbam. Eu acho que eu consegui.

Eu acho que eu consegui na frente da Nina.

Na saída, eu encontro Nina sentada no hall, sento ao lado dela, ela me pega em seus braços e diz:

– O palco combina com você, Fatima.

Eu respondo espontaneamente:

– Sobretudo com você na plateia.

Eu me arrependo um pouco de ter dito isso, porque não sei se é o que ela quer ouvir.

Ela não diz nada.

Eu apresento Nina a meus amigos.

Nós acabamos a noite juntas.

Eu me chamo Fatima Daas.
Eu sou uma adolescente perturbada, inadaptada.

No colégio, todos os dias depois do almoço a gente se instala no nosso "território", no fundo do pátio, entre as duas lixeiras brancas.

Todo mundo sabe que é o nosso espaço.

Quando a gente chega, outros alunos partem instintivamente.

A gente não precisa nem pedir.

Moun se encosta no muro.

Wilkens e Moussa, sentados um em frente do outro sobre as lixeiras, não se olham.

Eu estou no centro.

Vou de uma lixeira à outra.

– A gente diria que você está sob o efeito de coca porque você se move em todos os sentidos, Fati'gangsta.

O ritual começa, a gente se aquece lançando pequenas zoadas.

Moun começa a fazer rap.

A gente dá força insultando-o.

É inverno.

As minhas mãos estão vermelhas.

Tem um vento louco.

– A gente não tem nada a fazer no frio, galera, vam'bora, eles, esses grandes babacas, estão no quente enquanto a gente, a gente está aqui congelando.

"Eles" é o campo adversário: os professores, os inspetores, decanos, toda pessoa que representa a autoridade.

O bando está de acordo.

Consegui engrená-los.

A gente decide dar umas voltas nos corredores.

A gente sabe que os inspetores vão tentar nos pegar.

Cada um de nós já foi suspenso temporariamente.

Fora Wilkens, o mais esperto.

Andando pelos corredores do colégio, Will nos conta que ele ficou com uma mulher na noite passada.

– Senti seus pelos púbicos, galera.

Ele imita a cena rindo.

Eu não faço parte dessa conversa.

Uns dias depois, me sinto obrigada a falar de alguém.

Eu digo que estou apaixonada por um menino no colégio.

Eu escolho um tunisino que eu acho bonito e gentil.

Ele se chama Ibrahim.

Estávamos na mesma turma no sexto ano.

Brigamos na aula de francês.

Eu não sei mais como começou, mas eu me lembro de ter dito a ele que ia arrancar seu couro depois da aula.

Ele me tratou como merda.

Nós dois recebemos uma advertência.

Foi da dona Besnaila.

Ela teve medo aquele dia, a dona Besnaila.

Ela tomou as palavras ao pé da letra.

Ela imaginava a saída da escola.

Ibrahim, no chão, coberto de sangue.

Eu, orgulhosa, sorrindo.

Todo mundo a chamava "dona Beijanalga".

Ela tinha grandes óculos marrons que ocupavam a metade de seu rosto.

A gente a chamava de Lisa, por causa da série *Le destin de Lisa*, que bombava na época.

Outro dia, ela chorou, porque a gente se recusou a mudar de lugar com uma colega da turma.

Deu a maior merda.

Dona Besnaila deixou a sala.

Ela estava grávida.

Eu me culpava.

Eu não sei se foi porque ela estava grávida.

Eu não disse isso a ninguém, que eu me culpava.

Eu contava para todo mundo que ela nos fazia chorar na sala do diretor.

Talvez eu tivesse afeto pela dona Besnaila.

Eu me chamo Fatima.
Eu sou uma menina.
Eu gosto dos meninos.
Naturalmente.
Eu confesso um dia que eu tenho uma fraqueza pelo Ibrahim a meus amigos.
Moun é o primeiro a reagir:

– Ué, para! Você é um cara, você não pode curtir um menino, você é muito estranha, Fatima.

Eu me chamo Fatima.

Eu nasci na França.

Saint-Germain-en-Laye: meus primeiros passos, meu primeiro sorriso, minhas primeiras infelicidades.

Lá, em Saint-Germain-en-Laye, tenho menos de seis anos quando meu pai entra com um cheiro misturado ao de tabaco.

Um cheiro que não sei reconhecer.

O tabaco é o perfume do meu pai.

Ele fuma dentro do apartamento, ele não pensa na minha asma, ele me põe nos joelhos e segura o cigarro com a mão esquerda.

Em plena noite, quando ele volta tarde, meu pai acende todas as luzes, ele faz barulho com a louça na cozinha.

Ele encontra sua comida preparada e deixada no micro-ondas pela minha mãe.

Quando ele entra na sala que nos serve como um quarto para cinco, abro um olho, mas não assumo a responsabilidade de reclamar.

Minha irmã mais velha, um dia, bocejando, ousa pedir-lhe para apagar a luz.

Ele a trata como *khamja*: merda, podridão, mas Dounia responde ainda mais forte. Ele então se aproxima dela e isso faz um auê.

Minha mãe lhe sussurra *soktè*: cala a boca!

Acontece muitas vezes de minha mãe nos pedir para calar a boca.

Ela faz isso porque ela não quer que a coisa se descontrole.

Ademais, vai muito rápido.

Quando ele bate numa, isso raramente para aí.

Ele bate em duas das quatro, às vezes sou a única na qual ele não bate.

Assim que o vejo fazer isso, eu me coloco entre eles, eu sei que ele vai ganhar, que a todo momento eu também posso ficar no mesmo lugar que as minhas irmãs. E quando ele tira o cinto do jeans, então eu sei que tenho que sair fora, porque isso me deixa traços vermelhos nas pernas e eu acho isso muito feio, mas, sobretudo, porque arde muito durante dias e não há nenhum meio de aliviar isso.

Eu me distancio soluçando, eu volto cada vez que ouço uma das minhas irmãs chorar forte demais ou dar um grito.

Depois fujo para um canto pela segunda vez, felizmente, vai rápido, alguns minutos, escuto um ou dois gritos, depois soluços. E acabou.

No dia seguinte, todo mundo faz como se nada tivesse acontecido.

Eu me chamo Fatima.

Eu carrego o nome de uma personagem simbólica no Islã.

Um nome que se deve honrar.

Um nome que desonrei.

Adolescente, olho meu pai nos olhos.

Eu lhe digo:

– Você é um monstro!

É a primeira vez que penso algo assim tão forte.

Depois desse dia ele nunca mais me dirigiu a palavra, eu tampouco.

Eu me chamo Fatima Daas.

Eu escrevo histórias para evitar viver a minha.

Eu tenho doze anos quando partimos em uma viagem da escola para Budapeste.

À noite a gente se encontra para organizar o programa.

Logo depois do jantar, na grande sala onde não tem nenhuma internet.

Impossível entrar no MSN, Skyblog ou enviar uma mensagem para passar o tempo.

Depois da reunião, os professores nos dão uma hora livre antes de dormir.

Eu fico na grande sala com Rokya.

Ela coloca suas pernas na mesa.

Eu faço como ela.

Tem um baralho no meu bolso que eu ponho na mesa.

Mas não jogamos cartas.

Dois colegas de classe se juntam a nós: Lola e Murat.

Rokya propõe o jogo de verdade ou desafio.

Murat e Lola concordam.

Eu digo:

– Tá bom, mas vamos fazer coisas loucas! E não do tipo dar "boa-noite" a um professor.

Todo mundo ri.

– Ok, começamos com você então, já que você está aquecida!

Murat pensa que me impressiona ao dizer isso, então eu faço como se ele não pudesse me alcançar, como se eu não tivesse medo do que ele pudesse me pedir para fazer.

Eu digo, segura de mim mesma e articulando exageradamente:

– Escolho DESAFIO!

Murat acaricia seu queixo com a mão direita, olhando para o teto. Eu caio na gargalhada.

– Ok, levanta e dá um beijo na Lola.

Estou pronta para me levantar quando Murat completa a sua frase, "NA BOCA!", com um grande sorriso, como se ao adicionar um complemento tivesse tornado impossível o desafio.

Rokya explode de rir. Ela traduz:

– Ou seja, se você não captou, Fatima, você deve beijar a Lola.

– Mas vocês estão pirados! Nem morta. Murat, você é um nojo!

Lola me agradece pelo que acabo de dizer.

Eu não sei se eu a acho bonita. Eu não pensei sobre isso.

– Oi, Lola, mas o que é isso, cara. É bem bizarro

o que ele pediu para fazer, esse imbecil. Não é você que é nojenta, não estou falando isso de você.

Lola sorri pensando no que ela vai dizer.

– Tudo bem, relaxa! Para te salvar, quero fazer esse desafio.

Eu abaixo os olhos no momento que escuto o verbo querer.

Eu olho para ela sem dizer nada, depois eu abaixo os olhos de novo.

– Então vai lá! – manda Murat. – Vai lá, é o teu desafio, Lola!

Eu não me mexo mais.
Eu estou petrificada.
Eu escuto Lola se levantar,
Ela se aproxima de mim.
Eu penso em empurrá-la.
Derrubá-la no chão.
Eu não faço nada. Felizmente.
Ela teria batido a cabeça no canto da mesa.

Lola dá um beijo doce e rápido nos meus lábios.

Eu não tenho tempo de dizer nem de fazer qualquer coisa porque já foi feito.

Ela toma cuidado para me olhar antes de voltar a se sentar na poltrona. Ela diz "agora é a vez de quem?" piscando o olho para mim.

Eu tenho doze anos;

Eu não entendo o que acabou de acontecer.

Rokya dorme no mesmo quarto que eu.

Ela quis me fazer um carinho antes de dormir.

Eu recusei.

E aqui, na noite, sozinha, tem alguma coisa que me apavora.

Eu penso sem conseguir formular: eu vou para o inferno.

Eu quero me levantar, me juntar a Rokya na sua cama, acordá-la talvez.

Dizer-lhe que eu finalmente queria um carinho.

Eu não sei falar.

Então vou ficar sozinha na minha cama.

Eu vou tentar pensar em outra coisa, mas só vejo Lola.

Lola é como um menino, ela também, mas não como eu.

Fisicamente é uma menina.

Ela achou o equilíbrio.

Eu não acho que Lola gosta de meninas.

De todo modo, não voltamos a falar sobre esse jogo.

E eu não joguei verdade ou desafio de novo.

Eu me chamo Fatima Daas.

Eu carrego o nome de uma personagem exemplar no Islã.

Criança, em casa, recito a sura[6] *Al-fil*: o elefante.

Essa sura tem cinco versos.

Eu vou recitá-la para minha mãe, com uma bela entonação.

Eu ensaiei durante duas horas pelo menos.

Minha mãe me diz que parece com a recitação do sábio Cheikh Sudais.

Eu dou um sorriso. É o efeito que eu quero produzir.

Eu gostaria de ter sido imã, de recitar o Alcorão com o *tajwid*, uma leitura salmodiada; guiar a oração de grupo, escutar, aconselhar, dar palestras.

Eu falo com a minha mãe dessa vontade de gravar a minha leitura do Alcorão e, talvez, de difundi-la.

Ela me diz que não é autorizado.

Eu não procuro saber mais.

Eu renuncio.

O Alcorão me apazigua.

6 Nome dado a cada capítulo do Alcorão. A sura Al-fil, aqui mencionada, é a 105ª. (N. T.)

Eu me chamo Fatima.

Eu sou uma turista.

No primeiro ano, acho agradável o período dos meus trajetos de Clichy-sous-Bois a Paris. De Paris a Clichy-sous-Bois.

Eu exploro um novo espaço-tempo. Eu aproveito cada minuto como se eu ganhasse um tempo que não tenho a oportunidade de explorar.

Meus itinerários são acompanhados de leitura, de música.

Às vezes rabisco algumas páginas no meu diário.

Quando estou sentada no metrô, eu falo de outras pessoas, as que entram, as que saem, as que entram antes das portas se fecharem, os rostos tristes que eu quero levar comigo.

Para ir até Paris, tenho que pegar diferentes meios de transporte, primeiro um ônibus, não importa qual, para chegar numa estação.

Na maior parte das vezes, pego o 613 ou o 601, que me deixa na estação Aulnay-sous-Bois, ou aquela do Raincy-Villemomble.

Passam a cada dez minutos.

No ônibus eu me sento no primeiro banco, quando está livre, bem atrás do motorista, aliás, acontece de eu esbarrar com o mesmo motorista, de um dia para o outro, em algumas ocasiões, até duas vezes no mesmo dia.

Nos quinze primeiros segundos, me pergunto onde esbarrei com esse olhar familiar. A primeira coisa que me vem à cabeça é a sua função: o motorista de ônibus. É assim que os chamamos, como "as senhoras da biblioteca" ou "as senhoras do CDI".[7]

É gostoso reconhecer um rosto, uma voz, uma expressão, um gesto.

7 Centro de Documentação e Informação (CDI) é uma espécie de biblioteca pública nos estabelecimentos escolares na França. (N. T.)

Eu me chamo Fatima.

Eu, supostamente, devo carregar um nome pacífico.

Eu acho que sujei meu nome.

Uma noite, durante o meu último ano no ensino médio, ataco um menino.

Ele se chama Benjamin.

Quando ele fala, suas mãos o acompanham.

Ele é pálido, magro, afeminado.

Benjamin passa na minha frente, eu dou uma rasteira.

Ele cai, se levanta, me olha e me pergunta por que eu fiz isso.

Eu digo para sair fora antes de eu me irritar.

Ele eleva a voz, reitera sua pergunta num tom revoltado.

– Você é uma bicha suja, tá falando o quê comigo? Sai daqui antes que eu te arrebente!

As quatro pessoas que estão ao meu lado riem um pouco tentando me acalmar.

Benjamin vai embora, soluçando.

Eu quero sumir.

Dois anos mais tarde esbarro com Benjamin em Clichy-sous-Bois.

Eu penso no que fiz.

Eu penso no que me tornei.

Eu não encontro forças para me desculpar.

Eu me chamo Fatima Daas.
Eu sou francesa.
Eu sou argelina.
Eu sou francesa de origem argelina.

A primeira vez que viajo para a Argélia, estou no CM2.[8]

Nas semanas antes da viagem, construo uma ideia mental das pessoas, dos cheiros, das cores.

O momento chegou de encontrar a "grande família".

Todas essas pessoas sem rosto, que fazem parte do passado dos meus pais.

Um passado do qual eles não falam.

Algumas semanas antes da viagem, a gente prepara as malas de presentes.

Digo "a gente" para me sentir parte.

Meus pais compram roupas, sapatos, bolsas, perfumes para cada membro da família.

Para os mais jovens: brinquedos e balas.

Para os meninos: Playmobil, armas, balões, carros e caminhões.

8 "Cours moyen 2", que corresponde ao segundo ano do ensino médio. (N. T.)

Para as meninas: bonecas e Barbies.

Meus pais perguntam a suas respectivas famílias se elas precisam de alguma coisa em particular. Elas dizem que não precisam de nada.

O mais importante é a nossa presença.

Meus pais entendem que é preciso insistir.

Eu, eu não entendia ainda.

Durante os telefonemas, a minha família da Argélia acaba deixando escapar.

Precisa de muitas coisas, o que é expresso de maneira codificada.

A gente chama isso de *mghané*: dar a entender implicitamente.

Quando as minhas tias do lado do meu pai recebem seus presentes, elas dizem que um é melhor do que o outro, que custou mais caro, que é mais bonito, que teriam preferido ter uma bolsa mais do que um véu ou não ter nada a não ser um perfume.

As minhas tias do lado da minha mãe escolhem os seus presentes.

Um ritual se perpetua ao fim de cada viagem.

Meus pais dão dinheiro num envelope a seus irmãos e irmãs.

Meus pais brigam um pouco para que as minhas tias e tios aceitem.

Agora conheço o fim da história.

As suas famílias acabam aceitando o dinheiro e o gastam muito rápido.

Adulta, de volta na França, escrevo num caderno: *Tenho a impressão de deixar uma parte de mim na Argélia, mas cada vez eu me digo que não voltarei.*

Eu me chamo Fatima Daas.

Eu tenho a sensação de ter uma vida dupla.

Eu saio do hospital de Montfermeil depois de dez dias de hospitalização.

Rokya me espera na lanchonete.

Eu pego o elevador esperando que seja a última vez.

Durante a minha estadia, escrevo num caderno:

O hospital é um pouco como a prisão. Você conta o número de visitantes. Você culpa aqueles que não vieram, você culpa a ele: Ahmed Daas.

Eu chego na lanchonete. Rokya está sentada, as pernas ligeiramente separadas, ela tem uma lata de Oasis Tropical[9] e um copinho.

– Antes de você me perguntar se está tudo bem, não está, Roky.

Ela me abraça bem forte.

Quando expiro, a minha respiração ainda assobia.

Ela me dá um cafezinho me dizendo que nem sempre entende como posso beber essa merda.

9 Marca de refrigerantes cujo sabor "Oasis Tropical" é parecido com Fanta laranja. (N. T.)

Eu digo que isso me desperta ou que isso me relaxa, não sei muito bem.

– Tenho que dizer uma coisa para você, Roky. Porra, dez dias trancada, tive tempo de refletir.

Rokya me olha, posso ler a curiosidade misturada com a preocupação nos seus olhos.

Ela não diz nada, ela me escuta.

A gente se levanta, a gente troca o cheiro de hospital pelo cheiro de chão molhado, a gente anda até o parque do Arboretum.

Tem nuvens grandes, a gente imagina que não vai demorar até chover, mas a gente não está nem aí.

Eu confesso para Rokya, um pouco envergonhada, que eu entrei em sites de encontros.

– É um bom plano para se assumir mantendo-se escondida.

– Mas, Fatima, você é uma romântica bizarra, isso não vai funcionar para você, não. Isso não vai dar certo. Ainda por cima, você arrisca cair nas mãos de grandes filhos da puta.

Corto a palavra de Rokya antes de ela ir longe demais.

– Eu não quero encontrar caras, Roky.

Eu digo isso como se eu tivesse dito que tenho de comprar pão. E, aí, Rokya me olha, vejo um buraco se desenhar com um sorriso orgulhoso sobre seus lábios, e ela diz: você quer encontrar um hamster, então?

E quando ela diz isso, seu pequeno sorriso toma todo o lugar, e agora não se vê mais do que ele.

Rokya começa a rir e seu corpo inteiro vibra.

A imagem de um hamster vem à mente, então eu também rio. Mas rapidamente fico séria de novo.

– Roky, não me faz dizer isso, por favor!

Ela diz que não preciso falar.

Então a gente não fala mais. A gente dá uma última volta em silêncio no parque. A gente chega na saída. Rokya bloqueia a passagem. Eu olho para ela e digo de bobeira:

– Ué, o que foi? Tem um hamster na minha cabeça?

A gente cai na gargalhada ao mesmo tempo. E é nesses momentos que eu a amo ainda mais.

– Fatima, não tem hamsters em Clichy, ou seja, claro que tem, elas existem, mas elas se escondem, como você.

Digo com um grande sorriso:

– Tchau, Roky, vou pescar hamsters.

Eu me chamo Fatima Daas.

Antes de eu me deixar escrever, eu satisfazia as expectativas dos outros.

Depois do ensino médio, entro na *hypokhagne*,[10] no preparatório para as letras.

É o que fazem os bons alunos.

Fazem medicina, preparatório ou ciência política.

Durante muitos meses, eu imito meus colegas de turma.

Eu devo:

Trabalhar várias horas depois de cada dia de curso.

Aprender de cor as datas, as definições.

Me preparar para as provas orais, ler e comentar textos escritos exclusivamente por homens brancos hétero cis.

Eu chego na minha primeira aula do dia, é quarta-feira. São oito e meia.

O professor de espanhol distribui para nós os

10 Primeiro curso preparatório para os estudos de humanidades nas universidades da França. (N. T.)

deveres de casa. Ele segura o meu exemplar nas suas mãos. Ele me olha com os seus grandes óculos.

– Senhorita Daas, você pode vir comigo dois minutos?

Eu me levanto, eu coloco a minha cadeira sob a mesa.

Eu sinto a sua impaciência.

Eu não tenho tempo de pegar o meu casaco.

Eu o sigo, como idiota.

Ele já está lá fora, a porta fechada.

Dois, três alunos me seguem com o olhar.

Eu estou de camiseta, então sinto o vento acariciar meus braços, meus pelos se arrepiam, isso me faz cócegas.

– Então... senhorita Daas (ele diz isso com uma voz bem viril, me olhando direto nos olhos), não farei nada, você pode ficar tranquila, mas só quero saber a verdade (ele deixa passar um tempo de suspense podre). Quem fez o seu dever?

Eu não entendo bem, então eu digo sorrindo, meu dever de casa?

Ele responde sim, seu dever de casa. Quem fez no seu lugar?

Às vezes, quando as pessoas duvidam de mim, eu mesma começo a duvidar, é engraçado, invento cenários para lhes dar razão, mas, dessa vez, eu não tinha vontade porque o trabalho tinha sido fácil e porque eu não tive nenhum prazer em fazê-lo.

Eu não respondi.

Eu esperava que ele anunciasse que se tratava de uma piada de abril em fevereiro, pouco importa, mas ele não era o tipo de cara de fazer piada. Ainda acreditei que ele acabaria por se arrepender, que ele sentiria, graças a meu silêncio, que era ele o puto da grande piada.

Ele recomeçou o seu delírio:

– Ok, muito bem, quem ajudou você?

Eu comecei a me cansar, mas mesmo assim respondi:

– Eu adoro espanhol. No ano passado a minha média era nove e tirei oito no bac.[II]

Depois eu percebi que provar, demonstrar, me legitimar, mostrar o que eu valia não era o destino dos outros alunos que estavam lá dentro no quentinho. Ninguém tinha que argumentar durante dez minutos, de camiseta, no frio, para provar que realmente tinha merecido oito e meio sobre dez.

Um mês depois, tranquei a matrícula.

Eu não entrei para medicina.

Eu não entrei para ciência política.

Eu comecei a escrever.

II O termo coloquial "le bac" se refere ao "Baccalauréat", uma qualificação acadêmica que os estudantes na França precisam obter para entrar nas universidades. (N. T.)

Eu me chamo Fatima Daas.

Eu carrego o nome de uma garota de Clichy que faz mais do que três baldeações para ir à universidade.

Quando tudo funciona, chego na estação em quinze minutos.

Eu devo pegar o trem, a linha B, quando estou na estação de Aulnay.

A linha E quando estou em Raincy.

No primeiro ano, chego adiantada para os meus compromissos, sejam pessoais, médicos ou profissionais.

No segundo ano, eu chego na hora.

No terceiro ano, eu chego atrasada.

No quarto ano, eu não chego.

Eu não leio mais, eu escuto música que acompanha os meus pensamentos.

Eu me esforço para não adormecer, por medo de chegar no fim da linha.

Eu tenho medo de ter que recomeçar, reinvestir.

Eu fico enjoada quando estou sentada de costas no trem.

Eu sei agora que os longos trajetos favorecem o fluxo dos pensamentos.

Eu me engano muitas vezes de direção.
Eu me lembro das pessoas desconhecidas.
Eu já esbarrei várias vezes com a mesma pessoa, no mesmo metrô.
Eu já sonhei com essa pessoa.
Eu tento não acreditar mais nos signos.
Eu tento não ver mais signos em todo lugar.
Eu acredito que sou supersticiosa.
Eu acredito que isso é proibido.

Eu me chamo Fatima.

A primeira vez que consulto uma psicóloga, tenho dezessete anos.

Não é ideia dos meus pais.

Ninguém na minha família sabe que vou numa psi.

Eu também não me dou conta.

Minha psicóloga, a doutora Guérin,[12] veste na maior parte do tempo uma bata branca que vai até os joelhos. Debaixo de sua bata, uma saia preta com meia-calça opaca, uma gola rulê amarela ou preta, uma camisa branca. Ela não prende os cabelos. Eles são curtos, ondulados, loiros.

Na primeira sessão com a doutora Guérin, digo no total três frases.

Na segunda sessão, mexo num apontador de lápis até quebrar.

Na terceira sessão, decido parar.

Eu acabo voltando.

Durante dois meses, vejo a doutora Guérin oito vezes.

12 A autora joga com o nome Guérin que em francês nos remete imediatamente ao verbo "guérir" que signica curar. (N. T.)

Uma sessão de uma hora por semana.

Nos três primeiros encontros, vou até a porta, faço como os personagens que voltam para os seus ex nos filmes.

Eu aproximo meu punho pertinho da porta, me preparo para bater.

Eu inspiro com força.

E eu relaxo.

Aqui, se rebobina.

Meu braço cai ao longo do meu corpo.

Eu fico lá, parada na porta durante sessenta segundos.

Eu recuo um passo, como se fosse dizer: "Pronto, vou embora."

Doutora Guérin, atrás, ela sabe muito bem que estou lá gesticulando, esperando que ela escolha para mim.

Às vezes, ela não me facilita as coisas, ela me lembra uma vez que dei meia-volta.

– Você sabe, eu ouço quando você sobe a escada, você talvez não ande com salto, mas você faz um barulho monstruoso, aliás, sem querer você me avisa que está chegando.

Doutora Guérin, ela sabia de onde vinha o problema.

Eu partia para que alguém me segurasse.

Eu me chamo Fatima.
Meus pais são muçulmanos.
Minhas irmãs são muçulmanas.
Somos uma família de cinco árabes muçulmanos.

Adolescente, eu me lembro que meus pais eram pragmáticos.

O Islã era crer em Deus, amá-Lo, temê-Lo, obedecê-Lo.

Eu obtive sucesso nas primeiras etapas.

Eu amava Deus, Seu mensageiro, minha mãe três vezes, depois o meu pai.

Era nessa ordem que eu devia dar minha classificação quando meu pai me pegava desprevenida.

– Quem você ama em primeiro lugar? E em segundo? E depois?

Se eu errasse a ordem – isso só aconteceu uma vez –, eu tinha que ficar num canto da sala com um dicionário na cabeça até que Ahmed Daas decidisse me devolver a liberdade.

Ahmed, "digno de louvor".

Conta-se que um homem veio ver o mensageiro

de Alá – que a paz de Alá e as Suas bênçãos estejam com ele.

– Ó mensageiro de Deus! Qual é a pessoa mais digna da minha boa companhia?

– Sua mãe.

O homem retoma:

– Quem mais então?

– Sua mãe.

O homem retoma de novo:

– Quem mais então?

– Sua mãe.

– Depois? – perguntou o outro uma última vez.

– Então seu pai.

Uma manhã, antes de ir ao colégio, em frente ao espelho eu cubro os meus cabelos com gel. Eu o espalho com delicadeza. Minha mãe me surpreende. Ela entra e é como se ela me tivesse pego mexendo na sua bolsa ou colocando fogo na casa.

Minha mãe diz:

– Deus criou o homem e a mulher. Deus não ama quando uma menina quer parecer um menino.

Pela primeira vez, ela fala comigo em francês.

Eu não respondo nesta manhã.

Eu não a abraço.

Eu deixo a casa com um embrulho no estômago.

Eu me chamo Fatima Daas.

Eu fiz quatro anos de terapia.

É a minha relação mais longa.

Com vinte e cinco anos, eu encontro Nina Gonzalez.

Nesse momento, eu me considero poliamorosa.

Eu saio com duas mulheres, Gabrielle e Cassandra.

Eu encontro numa o que falta à outra, sem saber o que é.

Eu tenho a sensação de que a minha vida está começando a ter uma aparência de estabilidade.

Cassandra tem vinte e dois anos.

Gabrielle tem trinta e cinco.

Cassandra é "jovem demais" para mim.

Minha melhor amiga, Rokya, debocha de mim sobre isso:

– De fato, Fatima, seu negócio, são as *cougars*![13]

Esbarrei com a Cassandra várias vezes no meio LGBTQIA+, antes de ter coragem de me aproximar.

Rapidamente fui tocada pelo seu frescor, seu ar descomplicado, sua inocência.

13 Gíria de origem estadunidense para mulheres de meia-idade que buscam encontros sexuais casuais com pessoas mais jovens. (N. T.)

Cassandra não tinha nada de lésbica, nem as roupas, nem os valores comunitários, nem uma ambição feminista superdimensionada.

A gente está imersa no mundo lésbico, os *after-works* não mistos, as noitadas Barbieturix, as noitadas *queers* em La Java.[14]

Eu pensava nesses espaços como refúgios.

Cassandra e eu fomos presas na Parada do Orgulho Gay.

Uma amiga militante, que ouviu quando eu me gabava, segurou no meu braço para me corrigir.

– O ORGULHO, Fatima! Não fala orgulho gay, pois assim você invisibiliza as lésbicas e todo o resto da comunidade ao dizer orgulho gay.

Havia doçura em suas palavras, e revolta.

Mas nenhuma agressividade.

Eu aprendia com ela.

Eu substituí "orgulho gay" por "orgulho".

Cassandra e eu, a gente ainda não sabia que, sendo lésbicas, havia um mundo inteiro a adotar ou a abortar.

Cassandra tinha um percurso de vida que me fazia esquecer a sua idade.

Ela fez a sua independência bem cedo.

14 La Java é uma discoteca em Paris que tem eventos *queers*. Barbieturix é outra discoteca, também em Paris, que promove a cultura lésbica. (N. T.)

Com dezessete anos, ela trocou Toulouse por Paris, deixando para trás seus pais e seus irmãos mais novos.

Eu digo deixando para trás, mas Cassandra não deixou nada.

Eu entendi que partir não significa necessariamente romper e abandonar.

Ela tinha feito o que eu não tive coragem de fazer naquela idade.

Deixar a casa sem rancor, sem considerá-la uma grande merda, sem ter a sensação de, ao atravessar a porta, durante a mudança, e anos mais tarde, ter traído o conjunto de seus valores familiais por causa de uma única má decisão.

Eu invejava o egoísmo de Cassandra, sua necessidade urgente de viver o mais intensamente possível suas noitadas e suas madrugadas.

Bastava que o tempo lhe permitisse sair com roupas de verão, que ela reconhecesse uma música antiga num bar ou que uma mulher idosa lhe lembrasse de aproveitar a sua juventude para que ela conservasse um sorriso no rosto por pelo menos vinte e quatro horas.

Cassandra tinha um rosto angelical, mas apenas na aparência.

Desde o começo, ela me advertia.

– Às vezes acontece de eu passar a noite com homens, mas quando transo com um cara eu fico ainda mais convencida de que só gosto de mulheres.

Quando isso acontecia, em geral, ela estava bêbada e me contava no dia seguinte. Não sei por que ela me contava.

Há coisas que se prefere não saber.

Eu ficava com raiva da Cassandra.

Eu não lhe dizia isso, fazia parte do "jogo".

Havia mandamentos a respeitar.

Você não lhe diria se ela fizesse você sofrer, se você sentisse ciúme, tristeza ou rancor.

Você não lhe faria notar se ela se afastasse, se ela esquecesse um pouco de você.

Você não lhe confessaria que você se aborrecia com a sua ausência quando ela partia por três semanas para o outro lado do mundo, que você esperava impacientemente um chamado, mas que você acabava recebendo no total duas mensagens.

Você não lhe revelaria o que você sente.

Transgredir esses mandamentos é assumir que você se parece com o que não se quer ser.

"Um casal normal."

"Uma relação exclusiva."

"Um casal nas convenções" com ciúme, domínio, segurança, sufocamento, amor.

Se uma se apaixonava, tinha-se que parar tudo ou ser capaz de escondê-lo pelo maior tempo possível.

Eu não dizia nada para Cassandra.
Meus pais me ensinaram a arte da dissimulação.
Nunca dizer nada.

Cassandra me culpava por não a culpar.
Eu me culpava por culpá-la.

Gabrielle e Cassandra eram a minha estabilidade acomodada, um semblante de apaziguamento e conforto.

Assim que Nina entrou na minha vida, eu não sabia mais do que eu estava precisando e o que me faltava.

Eu me chamo Fatima Daas.

Eu tenho duas irmãs muçulmanas: Hanane e Dounia.

Entre oito e dez anos, minha irmã Hanane me ensina a fazer abluções.

A gente vai para o nosso quarto, ela mostra os gestos que devem ser feitos, sem água.

Tento de novo, sozinha, com água.

Isso me diverte.

Pouco tempo depois, aprendo a fazer a oração.

Faço duas das cinco orações.

Eu começo a rezar, realmente, sem fingir, com dezessete anos. Antes, quando me acordavam ao amanhecer, eu me levantava com dificuldade, a cabeça pesada, eu fingia fazer as abluções, mas não passava água no rosto nem entre os dedões.

Eu dormia em pé fazendo a oração, vamos lá, um, dois, um, dois. Acabou! Volto a dormir.

Eu me chamo Fatima.

Tenho dificuldade de me desfazer da ideia: eu sou pirada, é por isso que a doutora Guérin me recebe no seu consultório.

A cada começo de sessão a doutora Guérin me pergunta se eu quero beber alguma coisa.

Se estou com frio, se estou bem acomodada.

Presto atenção para não cruzar os braços, para não mais triturar objetos, porque conheço muito bem a zona: a linguagem corporal e todo o resto.

Eu a enfrento.

Eu tenho um sorriso estúpido, do tipo que não vou lhe dizer o que você quer ouvir.

Eu devolvo as perguntas que ela me faz.

Ela replica que não estamos aqui para falar dela, mas, mesmo assim, ela responde a tudo.

Eu despisto com emoções contraditórias.

O que conto é descosturado, vago e perfurado de silêncios.

Doutora Guérin, ela se segura quando vê que estou torturada, quando eu me controlo para não jogar a sua mesa contra a parede, quando ela insiste para eu falar da minha mãe.

Eu me chamo Fatima Daas.

Eu tenho quase trinta anos e pouquíssimas lembranças da minha infância.

Pouquíssimas lembranças de Saint-Germain-en-Laye.

Eu revejo o Château Vieux, as escadarias em frente ao café Le Saint Malo. Alunos do ensino fundamental e do ensino médio que passavam as suas tardes lá.

A maioria fumava.

Quase todos tinham mochilas Eastpak.

No Monoprix, roubávamos maquiagem, eu e a minha irmã Hanane, para agradar a nossa irmã mais velha Dounia.

Ao lado do Monoprix, a padaria Em nome do pão, o padeiro de cabeça raspada com avental verde, onde passávamos toda manhã, antes da escola, com Hanane, para comprarmos uma miscelânea de balas.

Quando íamos ao McDonald's era excepcional.

Havia um enorme parque infantil de três andares.

A gente ficava bem animada.

A gente falava disso durante quatro horas quando a gente voltava para o apartamento.

Nos sábados à tarde, a gente ia para o parque de Chameraie, a gente andava de bicicleta, a gente brincava de esconde-esconde ou de gato e rato com os nossos primos Bilal, Younes e Farid.

Meu primo Bilal não vinha muito.

Ele voltava tarde, ele saía cedo.

Ele viveu um ano na casa da sua namorada.

Depois que terminaram, ele ficou seis meses na prisão.

Minha tia dava como desculpa que o seu filho estava de férias no interior.

Meu primo Farid, que agora vive em Barcelona com a sua mulher e seus filhos, me fazia repetir uma frase em árabe.

Ana ghandi kalb kbir, o que significa "eu tenho um grande coração".

Por causa do meu sotaque, a frase era completamente transformada.

Em vez de dizer "coração" eu dizia "cão".

Coração se pronuncia *qalb* ou *galb* dependendo da região.

Cão se diz *kelb*.

Não conseguia tirar o "q" do fundo da minha garganta.

Eu dizia "eu tenho um grande cão".

Eu não tenho um grande coração.

Isso fazia o meu primo rir.

Isso fazia todo mundo rir.

Finalmente, a mim também.

Às vezes, quando falo "argelino", me entendem mal ou nada, então perguntam à minha mãe: O que ela disse? O que ela quis dizer com aquilo?

Eu não quero que a minha mãe sirva de mediadora entre a minha família e eu.

Eu não quero que ela me traduza para eles.

Eu não quero ser estrangeira.

Me contaram um dia que Hanane se perdeu no parque.

Eu ainda não tinha nascido.

A gente construiu uma cabana na floresta.

A gente dava leite a um gato negro.

O senhor que mancava, sentado em frente da tabacaria todos os dias a partir das quatro horas, fazia parte da decoração da cidade.

Hanane e Dounia o zoavam.

Elas o apelidavam de "corcunda".

Os nossos verões a gente passava na feira de Loges.[15]

A gente brincava de Barbie na cozinha.

Younes, o caçula dos meus primos, me enlouquecia.

15 A festa de Loges, "fête des Loges" é uma das mais antigas festas itinerantes da França, que começou em 1652 na floresta de Saint-Germain-en-Laye, a meia hora do centro de Paris. (N. T.)

Quando ele queria, ele me dava muitos beijos no rosto e depois na boca. Ele pegava as minhas mãos para colocá-las em torno de seu pescoço. Ele fazia cosquinha em mim, ele me tocava um pouco em todo lugar também.

Isso o divertia.

Eu ia me esconder na sala, debaixo da mesa. Minha mãe estava ocupada, meu pai assistia à tevê.

Eu queria vomitar.

Às vezes eu explodia. Eu gritava, numa crise de nervos, e caía no pranto.

Eu tinha um nó na garganta que não queria ir embora.

A ele, Younes, isso fazia rir muito.

O caminhão de sorvetes passava a partir do mês de agosto.

A gente ainda não tinha noção do tempo, mas o reconhecia graças a sua musiquinha.

Eu me lembro que eu não tinha muito direito a sorvetes, porque minha mãe ficava com medo da minha asma.

Às vezes isso me fazia chorar quando eu estava com muito calor e as minhas irmãs esqueciam de se esconder para saborear os seus picolés.

Uma tarde, no jardim da vizinha, coloquei duas pedrinhas nas minhas narinas para fazer as minhas irmãs rirem.

Uma das pedras ficou presa.
Na hora do jantar, ela saiu quando espirrei.
Isso preocupou a minha mãe.
Eu, eu ri muito.

O nome da assistente social, esse eu ouvia sempre: senhora Brisby. Às vezes a gente ia jantar na casa de um casal francês: Anne-Marie e Dominique. Anne-Marie era cirurgiã.

Nos sábados de manhã, a gente ia para a Árvore de pão: um centro de distribuição alimentar.

Minha irmã mais velha, Hanane, tinha certeza de que eu, mais tarde, me tornaria jornalista.

– Você tem mesmo uma cabeça de jornalista, Fatima.

A gente se perguntava com que idade a gente ia se casar.

Quantos filhos a gente queria ter.

Em torno de vinte e cinco anos. Todas as duas.

Um menino e uma menina.

Hanane e eu, a gente se parece muito.
É o que todo mundo diz.
Pequena, eu imitava seu sorriso.
Eu ainda imito o seu sorriso.
E já fomos confundidas na rua.
Hanane tem sete anos a mais do que eu, mas ela parece mais nova.

Hanane e eu, a gente tinha o hábito de tomar banho juntas.

Eu tenho uma foto de nós duas em Saint-Germain-en-Laye, na banheira, sorriso pleno.

Uma noite, a minha tia enrola o meu polegar numa meia para que eu pare de chupá-lo. Ela me diz que eu vou ficar dentuça.

– Você quer parecer com a Biyouna? É isso?

Não sei quem é Biyouna, mas não quero parecer com ela.

Numa foto eu tenho os cabelos que vão para todos os lados, vestida com uma camiseta branca longa que é grande demais em mim. Eu tenho os cabelos curtos.

Na família, a gente vê e revê: *Esqueceram de mim, Matilda, Edward mãos de tesoura, Píppi Meialonga, Uma babá quase perfeita.*

Escutamos as mesmas músicas:

"Gravé dans la roche", "7 Days", "Sans (re)pères", "Au summum", "It Wasn't Me", "Mystère et Suspense", "What's Love", "Ces soirées-là", "Les Rois du monde", "The Real Slim Shady", "Oops!... I Did it Again", "Trop peu de temps", "Stan, I'm Outta Love".

Eu escutava essas músicas com o walkman da minha tia quando eu estava no hospital. Quando a minha irmã Hanane me visitava na hora de almoço, ela cortava a carne em pedacinhos.

Eu chorava, eu não queria comer.

Não era halal.[16] Eu sabia, eu tinha certeza.

Eu estava num hospital francês, não muçulmano.

Toda minha família me fazia acreditar que era halal.

Dounia acabou dizendo:

– Quando a gente está doente, a gente está perdoado, você deve comer para ficar boa.

Eu não gosto de carne.

Eu não sou vegetariana.

Meu pai me força a comer carneiro no dia da Aïd.[17]

Quando ele sai do recinto, eu coloco pedaços de carne nos meus bolsos.

Depois, eu os jogo nas privadas.

Eu dou descarga, aliviada.

Obrigada, meu Deus.

A vizinha do sétimo andar se suicida.

Meu primo Farid aproveita para roubar o seu sofá.

É uma portuguesa.

16 Termo árabe que indica o que é permitido pela lei islâmica. Está associado, em particular, às leis alimentares, específicamente em relação às carnes. (N. T.)

17 Refere-se às festividades religiosas onde se sacrifica um carneiro para se comer com a família. (N. T.)

Seu sobrenome é Pereira.

Eu paro de roubar com dezessete anos.

Foi a minha tia que me ensinou tudo isso.

No mercado, ela me manda colocar elásticos para os cabelos em torno dos meus punhos e descer as mangas longas da minha camiseta.

A maior parte do tempo isso passa despercebido, ela me felicita batendo levemente no meu ombro.

Quando eu fico em pânico, ela me fala que sou uma *behloula*, uma débil.

A gente vai aos grandes mercados, a gente bebe e come à vontade.

Eu me acho dotada.

Mas eu não sou a melhor.

Minha tia prefere Hanane.

Ela detesta a mais velha, Dounia.

Ela zoa dela.

De tempos em tempos, meu pai a defende.

A primeira vez que minha irmã Dounia foge, vivemos ainda na casa da minha tia. Ela tem dezesseis anos.

A noite, meu pai a encontra em La Défense com duas amigas.

Ela está fumando.

Ele a puxa pelos cabelos.

Meu pai é analfabeto.

Ele me chamou "meu tesouro" durante nove anos.

Eu me chamo Fatima Daas.

Minha relação com o outro é inconstante.

Instável.

Tenho 25 anos quando encontro Nina Gonzalez.

Ela tem 37.

A primeira vez que Nina se abre para mim, a gente está em Clichy-sous-Bois.

Em frente à prefeitura.

Nina se senta ao meu lado e traz dois cafés.

Eu agradeço por ela ter pensado em me trazer um café.

Eu nunca soube se pensamos uma na outra da mesma maneira, sem se dizer.

Tem muita muvuca em torno de nós.

Quando estou com Nina, sem saber, abstraio das crianças que se divertem deslizando sobre a rampa da escada, finjo não ter visto os amigos que passam para ir ao Chêne Pointu,[18] não ouço mais as discussões barulhentas das outras pessoas no terraço.

Nina conta:

18 Conjunto habitacional no subúrbio parisiense de Clichy-sous-Bois. (N. T.)

– Minha mãe diz que tudo combina comigo, que tudo que visto fica bom. No fim das contas, tudo fica bem em mim desde que a minha mãe não me veste mais.

– Eu usava as mesmas roupas de zero a onze anos.

– Minha mãe é uma mulher fria.

Eu tenho vontade de reagir, mas uso as mesmas palavras cada vez, desde os meus quinze anos, as mesmas palavras: sem beleza, sem intensidade, sem repercussão. As mesmas expressões mancas.

E quando ela diz "minha mãe é uma mulher fria", eu não tenho mais nenhuma vontade de falar, eu tenho vontade de tomá-la em meus braços. Em vez disso, olho para o chão, arranco a grama, jogo pedrinhas quando não sei mais o que fazer com as minhas mãos.

Nina tem amigos que votam na direita.

Ela diz que a maioria é heteronormativa, mas que ela os adora mesmo assim.

Eu digo a Nina que eu tenho amigos homofóbicos e que estou cada vez com mais dificuldade de adorá-los.

A narrativa da vida de Nina é entrecortada pelas minhas perguntas, nossos silêncios, nossos olhares.

Ela tenta falar dela e é difícil, eu a vejo através do seu corpo, ela tem as pernas cruzadas uma sobre a outra, os braços meio cruzados, cabeça baixa.

Eu a escuto com atenção, como se eu fosse memorizar tudo, para escrever tudo.

Eu dou para Nina o que escrevo.

Ela me pergunta um dia se me arrependo dessa escolha.

Eu respondo não, mesmo sem pensar, sem dúvida pela necessidade de sossegá-la.

Eu me arrependo na hora que envio o meu texto.

Eu não me arrependo mais no dia seguinte.

Eu me arrependo de novo com o tempo.

Hoje, de jeito nenhum.

– Já escreveram sobre você, Nina?

– YES!

Pô! Tenho a impressão que acabam de pegar a última vaga restante no estacionamento.

Nina retoma:

– Peraí, você quer dizer se eu já escrevi sobre mim mesma?

Eu reformulo a minha questão de maneira mais lenta:

– Alguém já escreveu sobre você, Nina?

– Ah, tá. Não!

Eu sinto a mesma satisfação de quando eu encontro o meu telefone, na certeza de tê-lo perdido.

– Ninguém escreve sobre mim. Mas não escreva sobre mim, senão você vai ter que dizer besteiras.

A gente ri se olhando, sentadas uma em frente à outra, distanciadas por pelo menos quinze centímetros.

É como se houvesse um perímetro de segurança com Nina, que eu me esforço por respeitar.

Um perímetro de segurança virtual que inventei completamente.

Às vezes tenho medo de estar perto dela, às vezes de não estar perto o suficiente.

Desde que encontrei Nina, escrevo todos os dias.

Eu rabisco frases tendo por tema todas as mulheres que comparo com ela, todas aquelas que eu não posso amar.

Silêncio.

Eu olho para Nina, lhe pergunto se posso escrever sobre ela, demonstrando que é importante para mim ter o seu consentimento.

Ela responde meio de lado, como sempre quando eu faço perguntas.

Quando ela não responde de lado, ela não responde nada. Ou então ela faz uma piada ou usa uma expressão filosófica complexa que eu não consigo decifrar.

Eu recebo um telefonema, então não terminamos a conversa.

Eu penso nisso uns dias mais tarde, sem ousar falar novamente no assunto.

Eu penso nisso cada vez que vejo seu nome se inscrever na página branca do meu computador.

Ele tinha me dito: "você não escreverá um livro sobre mim". Mas não escrevi um livro sobre ele, nem mesmo sobre mim. Somente coloquei em palavras – que ele sem dúvida não lerá, que não são destinadas a ele – o que sua existência, por ela mesma, me trouxe. Uma espécie de dom revertido.

Todo esse tempo, tive a impressão de viver a minha paixão de modo romanesco, mas não sei, agora, de que modo a escrevo, se é daquele do testemunho, ou seja, da confiança tal como é praticada nos jornais femininos, daquele do manifesto ou do processo-verbal, ou mesmo do comentário de texto.

Não quero explicar a minha paixão – isso significaria considerá-la um erro ou uma desordem a ser justificada – mas simplesmente a expor.

Annie Ernaux, *Paixão simples*

Eu me chamo Fatima Daas.

Eu sou francesa de origem argelina.

Meus pais e minhas irmãs nasceram na Argélia.

Eu nasci na França.

Meu pai dizia com frequência que as palavras eram "cinema", que somente os atos valem.

Ele dizia *smata*, que significa insistir até provocar desprezo, quando ele via na tevê duas pessoas dizerem "Eu te amo".

Além disso, acredito que é terrível dizer "Eu te amo".

Eu acredito que também é terrível não dizer.

Não conseguir, se impedir.

O amor era tabu na casa, os sinais de ternura, a sexualidade também.

Quando as minhas irmãs conseguiam convencer nosso pai de nos deixar ver *Jovens bruxas* na tevê (porque só tinha uma televisão, que ficava no quarto dos meus pais), era suficiente que a mão de um homem roçasse a de uma mulher para que meu pai dissesse *khmaj* e trocasse imediatamente de canal.

Khmaj quer dizer podridão.

Eu me chamo Fatima Daas.
Eu preciso nutrir várias relações.
Eu tenho tendência a ser poliamorosa.
Eu compreendo que eu não era poliamorosa.
Eu não me apaixono.
Eu não acredito no poliamor.

Uma manhã, grogue de sono, debaixo da coberta, tento emergir.

Gabrielle me pergunta se ela pode me dizer uma coisa.

Eu deixo escapar um sim de uma voz inquieta e ainda bem adormecida.

– Você não trepa comigo como você deveria.

Eu não digo nada. Minhas sobrancelhas se franzem apesar de mim.

Gabrielle sai do banheiro, uma toalha branca em torno da cintura, ela se senta no canto da cama, ela me explica.

– Olha aqui, Fatima, você fala que você não me ama, que você não amou, que você não se apaixonou, mas quando a gente está junto, lá debaixo dos lençóis (ela diz isso mostrando a cama), lá no chuveiro (ela diz isso apontando para o banheiro), sua maneira de me olhar, de segurar a minha nuca, de morder os meus lábios, sua maneira de cheirar o meu pescoço, de colocar a sua mão entre as minhas coxas, tudo isso, o que isso quer dizer? Você faz amor comigo como se você me amasse, mas não é o caso. Ou a gente fode, ou a gente faz amor, Fatima. Mas para de fingir!

Com essas palavras, eu me levanto, pego a minha camiseta Kaporal preta.

Gabrielle me olha, ela não hesita, ela pega na minha mão, me faz sentar ao lado dela.

Desde o começo da conversa, ela não se mexe.

Eu olho seus pés para evitar seus olhos.

Eu penso no café que ainda não bebi.

Eu estou a fim de sair, de ligar para Nina.

De lhe dizer que acabo de entender uma coisa, aqui, de repente.

Mas Gaby levanta meu rosto com dois dos seus dedos. Eu me volto então para ela.

– Não é uma reclamação, não fica chateada, é que isso me faz imaginar coisas. E quando você vai embora, tenho medo de que seja definitivo, de que você tome a decisão de parar tudo por conta da sua religião. E que você nunca mais volte.

Eu continuo a ver o rosto de Nina no lugar do de Gabrielle.

Ela coloca uma mão sobre a minha boca quando começo a falar.

Ela sabe que não se deve tocar nas dúvidas.

Ela sabe que isso me faria fugir.

Ela me beija languidamente.

Eu penso, ao mesmo tempo que a gente faz uma troca de salivas:

"Você faz amor como se você me amasse."

Eu digo para ela que eu tenho que ir embora.

Nessa manhã, não bebi café.

Gabrielle não me segurou.

E eu, sobretudo, não liguei para Nina.

Eu me chamo Fatima.

Fatima é um nome feminino, muçulmano.

Eu deveria ser uma menina, então começo a me maquiar na escola.

Eu tenho cabelos longos.

Eu pareço cada vez mais com uma mulher.

Os meninos gostam.

Eu não gosto.

Eu namoro um menino há dois meses.

Ele é tunisino, muçulmano, praticante.

Ele se chama Adel.

Eu termino com ele uma primeira vez.

Ele me dá um tempo.

A gente acaba voltando.

Eu repito para mim: "Você vai conseguir, Fatima, é um cara legal".

A gente continua a sair juntos durante um mês.

Eu tento vê-lo o menos possível.

Eu o traio com um monitor de línguas que trabalha na mesma escola. Um mexicano com uma monocelha e os olhos ligeiramente salientes.

Eu jogo a carta da sinceridade.

Eu conto para Adel.

É o que as pessoas fazem, acho.

Então, eu faço como elas.

De início, ele fica em silêncio.
Eu tenho medo que ele perca a confiança em si mesmo, por minha causa.
Eu não tenho medo de ele me deixar.
Eu espero que ele faça isso.

O silêncio é longo, difícil de romper.
Minha dificuldade de comunicação ocupa todo o lugar.
Eu estou com os braços cruzados e as costas tensas.
Adel fica andando para lá e para cá na minha frente, sem falar nada, uma mão na cabeça, fazendo vaivém da testa à nuca.

Ele vem se sentar ao meu lado.
Ele me olha.
Ele fala comigo.
Eu não digo nada.

Adel diz que ele sabe o que é melhor para mim.
– Você precisa de tempo, Fatima!

Eu estou enjoada.
A gente se separa para se reencontrar.
Dessa vez, eu não consigo mais.
Suas mínimas palavras, gestos me irritam.
Eu faço tudo para isso acabar mal.

Eu me chamo Fatima Daas.

Eu venho de uma família muçulmana.

Eu tenho duas irmãs mais velhas, Dounia e Hanane.

Hanane pegava muitas vezes o exemplo das relações humanas para falar da prática no Islã.

Ela dizia que se você ama alguém tem que investir, você oferece o seu tempo, a sua benevolência e as suas atenções.

Você nutre a relação.

Com Deus é parecido, você não pode amá-Lo sem ter que provar isso para Ele.

Eu considerei a minha relação com Deus como uma relação igual, de investimento, de amor, de confiança.

Eu entendi logo que eu não podia amar Deus sem conhecê-Lo, ainda menos fazer do Islã a minha religião sem ter conhecimentos sólidos.

Eu devia amar Deus e o Islã para conseguir praticar com vontade e amor e não por obrigação.

Eu achei justa essa maneira de tecer uma ligação com a religião, mas ao mesmo tempo eu entendia que eu não sabia bem como investir no que a gente chama de "uma relação", como estar nesse impulso: "provar que a gente ama".

Antes, as verdades me pareciam perigosas de dizer.

Durante muito tempo pensei que as coisas se sentem mais do que elas se mostram.

Os restos da minha educação: mostrar por pequenos gestos, mas nunca dizer.

Eu me chamo Fatima Daas.
Eu fiz três anos de filosofia.

A minha mãe sempre falava que não se deve procurar compreender, fazer muitas perguntas ou duvidar.

Deus diz alguma coisa, não se deve esperar, se deve fazer, se deve obedecer. Durante muito tempo, não via nenhum problema com isso. Era a religião dos meus pais, a boa religião, a minha.
Eu segui literalmente esse modelo: fazer o que era recomendado, sem deixar pairar nenhuma dúvida.

Ultrapassada pelos fluxos de pensamentos, acabei escutando mais Descartes do que a minha mãe. Eu tinha decidido reaprender a religião por mim mesma, renascer.

Durante os meus estudos, frequento regularmente a mesquita que se encontra a novecentos metros da minha universidade.

Um dia, eu confesso a uma estranha.
Ela anda com um véu preto que cai nos ombros.
Ela está sentada de pernas abertas.

Ela termina a sua oração.

Um pequeno buraco na sua meia deixa aparecer seu dedão.

Me aproximando dela, eu sinto cheiro de almíscar.

Lembra a minha mãe.

Duas mulheres no outro extremo da sala discutem em voz baixa.

Uma delas tem nas suas mãos um Alcorão.

A outra acaricia seu filho, deitada num tapete de oração.

Eu estou pronta.

– *Salam aleykoum oukhti.*

– Bom dia, minha irmã.

Eu estou a ponto de lhe explicar a história da minha amiga:

Ela faz cinco orações por dia, come halal, não bebe.

Ela evita mentir, mas ela prefere as mulheres.

Finalmente, eu disse mais ou menos tudo isso.

Eu acrescentei que a minha amiga anda de véu e que ela é marroquina.

Eu disse isso para dizer que não sou eu!

Eu lanço olhares para as duas mulheres e até mesmo para a criança adormecida, para ter certeza de que a nossa discussão está bem protegida, para ficar segura que a minha voz de argelina não ressoa demais.

A estranha diz que "não é grave", que isso acontece, mais do que a gente pensa, com pessoas que não têm "uma relação muito boa" com o pai. Ela diz que a porta da redenção está aberta, que Alá é misericordioso.

– Só que você não pode fazer do *haram*[19] um *halal*.

Ela disse "você" num tom íntimo, minhas pernas começam a tremer.

Eu passei a minha língua úmida no lábio inferior, que eu mordi em seguida.

Ela se corrigiu. Era um pouco tarde, o embaraço já tinha se instalado.

– Sua amiga, perdão, me desculpe, peço licença. Ela não deve tornar o ilícito lícito. Que Alá a envolva com Sua graça divina e lhe dê força e coragem, crie para ela um milagre, um homem que tenha qualidades femininas.

Eu agradeci, lhe disse que estava atrasada para a minha aula e que eu tinha que ir. Eu senti que a minha cor ficou vermelha. Eu que estava convencida de nunca enrubescer.

19 Termo árabe para dizer o que está proibido pela lei islâmica. Aqui contraposto ao termo *halal*, o que é permitido pela lei islâmica. (N. T.)

Eu perpetuei a experiência, acreditando encontrar respostas aos meus questionamentos, com a esperança de que alguém fizesse uma escolha em meu lugar.

Eu me chamo Fatima Daas.

Meus pais são muçulmanos, mas não me lembro de ter recebido ensinamentos religiosos específicos durante a minha infância.

Eu não frequentei nenhuma mesquita, meus pais não nos deram aulas em casa, apenas alguns sermões ocasionais na idade adulta.

Esses sermões, quando aconteciam, eram conduzidos pelo meu pai.

Ahmed.

Nós estamos na sala, minhas irmãs e eu, sentadas em torno de uma mesa com uma toalha florida.

Aí meu pai se senta à nossa frente, ele coloca o seu café na mesa e afunda na sua poltrona predileta.

Ele escolhe um assunto, ele diz *Bissmillah*.

Depois disso, ele faz cada uma de nós ouvir sobre o que lhe falta para ser um muçulmano melhor.

Esses momentos não são destinados a aumentar o nosso saber do Islã.

O que meu pai diz já sabemos.

Eu acho que nada foi dito na minha família.

O silêncio era o meio de comunicação menos codificado.

Meus pais não me disseram quem era Deus antes de me falar do Islã.

Então, acabei aprendendo sozinha a conhecer Alá.

Eu me chamo Fatima Daas.
Eu tenho dezessete anos.
Eu encontro Hugo embaixo do prédio dele.
Está tarde.
Eu sei o que estou procurando.
Ele quer o que eu quero, mas não pelas mesmas razões.
Ele tem olhos castanhos e um nariz que ocupa muito espaço.
A gente deita na sua cama.
Ele acaricia os meus cabelos.
Ele fala de seu dia, mas eu não escuto.
Eu começo a tirar a roupa dele.
Ele decide por fim ficar em cima de mim.
Eu digo para mim: "Fatima, você vai gostar."

Eu tento esquecer que estou com um homem mais velho que eu não consigo desejar.

Eu me chamo Fatima Daas.
Sou a *mazoziya*.
A caçula.
Aquela para qual a gente não está preparada.

Com vinte e três anos, escuto minha mãe dizer para a minha irmã Dounia que dois filhos é o suficiente.

Ela insiste. "Eu queria parar depois de Hanane."

Eu estou sentada no banco de trás do carro.
Eu não participo da conversa.
Eu finjo que eu não ouvi nada.
Eu coloco discretamente meus fones nos ouvidos sem fazer gestos muito bruscos.
Tarde demais! Dounia reage.
Ela me olha pelo retrovisor.
– A gente realmente tem a sorte de ter você, não imagino o que seria sem você.
Ela diz isso com um sorriso.
Eu faço uma piada para dissimular o meu incômodo.
Mesmo com a intervenção da minha irmã, minha mãe não retira as suas palavras. Ela só diz:
– É o *mektoub*.
O destino.

Eu escrevo a noite com tinta preta num caderno vermelho: *Eu sou um erro, um acidente.*

Eu me chamo Fatima.
Adolescente, eu sou uma aluna instável.
Adulta, eu sou superinadaptada.

No quarto ano, eu insulto a minha professora de matemática, a dona Relca.
Ela tem vinte e três anos.
Ela acabou de passar no concurso.
É o seu primeiro ano em Clichy-sous-Bois.

A primeira vez que cruzo com a dona Relca nos corredores, penso que é uma nova aluna.
Ela está de short, uma camiseta branca e um casaco preto.
Eu caio na gargalhada quando a vejo entrar na sala 406.
Ela deposita a sua sacola preta, tira o seu casaco e se apresenta para nós.

Nos olhamos todos com o mesmo ar de cúmplice.
A gente sabe que vai virar *zbeul*, bagunça.

Yahya olha a dona Relca de cima a baixo.
Eu já sei o que ele pensa.
Todos os meninos da turma, que têm o hábito de sentar no fundo, estão na primeira fila.

Em plena aula, Yahya faz uma piada ousadinha.
Ele foi expulso.
A gente não viu mais a dona Relca de short.

Eu me chamo Fatima Daas.

Eu sou uma camela adolescente.

Andando para a escola, observo os meninos.

Eu me acho melhor.

Eu não sei o que é, ser um menino, um homem.

Nem ser uma mulher, aliás.

Minha mãe sonhou por muito tempo que eu me tornaria uma.

Eu não gosto dos meninos, mas eu gosto de seus acessórios.

Eu tenho características masculinas das quais tento me desfazer, porque minha mãe as detesta e não para de me lembrar que sou uma menina.

O que as meninas desejam é estar com um menino generoso, atencioso, viril, tranquilizador e protetor;

Então eu procuro o problema dentro de mim.

Voltando de uma viagem, minha mãe deixa três caixas de bijuteria na minha escrivaninha.

Eu não presto muita atenção assim que entro no meu quarto.

Elas estão escondidas entre o óleo de argan e uma barra de cereais Chips Ahoy! que vive na minha escrivaninha há meses.

Uma caixa tem rosas desenhadas num quadriculado vermelho e branco.

A segunda caixa é um quadrado com um laço marrom preso no lado. E a última, a mais bonita das três, é vermelha, simples e vermelha. Ela se apresenta para mim como um minicofre de tesouros.

Eu abro a primeira caixa.

Tem um anel lá dentro.

Um anel de ouro com uma pequena flor.

Realmente, não é o meu estilo.

Eu adorava os anéis, os "anéis de homem", de prata.

Em árabe, a gente os chama anéis *fèdda*.

Meu pai e meu tio usavam um desses.

Mais tarde, eu usaria em cada dedo anéis *fèdda*.

Eu abro a segunda caixa, a terceira.

É ouro. Duas pulseiras de ouro.

A primeira com corações, a segunda com flores.

Eu me sinto como uma adulta que se torna, com atraso, uma mimada pútrida.

Eu me esforço para pensar que estou feliz com a surpresa feita por minha mãe. No entanto, não há nada de surpreendente, minha mãe só deseja uma única coisa, que eu continue no meu lugar de menina, que eu ame o que devo amar, que eu faça o que as meninas fazem, que eu me encontre, me reconheça enquanto menina.

Esse presente é bonitinho, é esse o problema, pensei intensamente.

Eu me chamo Fatima.

Eu carrego o nome de uma personagem sagrada do Islã.

Eu carrego um nome que devo honrar.

Um nome que eu sujei.

Eu pego o metrô 1, eu desço na estação Neuilly-Porte Maillot.

Assim que eu saio do metrô, passo pela praça Verdun, não verifico no meu GPS, sei que tenho que virar à direita num dado momento para chegar na rua de Chartres.

Eu olho as pessoas que andam para lá e para cá, eu me digo que aqui é bem chique. Os caras de terno que andam com a cabeça erguida e empurram com os ombros para passar à frente nas calçadas apertadas, em Clichy a gente os chama de palhaços, eles estão presos nas suas camisas, eu não sei se eles respiram muito bem.

Eu detesto esse lugar, mas eu gosto da mulher que trabalha aqui.

Eu acabei de fazer dezoito anos. Ela tem 32.

Eu chego na loja. São cinco horas da tarde.

Ingrid conversa com uma cliente.

Ela tem cabelos castanhos, quarentona. Ela quer mocassins vermelhos.

Eu imagino Ingrid com mocassins vermelhos.

Ingrid veste uma camisa branca e jeans preto Levi's.

Eu noto que falta um botão na altura do peito.

Aqui, sei que não vou encontrar nenhum conhecido.

Eu ouço o barulho da pia no quarto ao lado.

É pequeno, tem um cheiro de caixa, de fechado.

Esse espaço não diz nada do que a gente é, do que a gente forma.

Não oficializa nada.

Não diz nada de mim.

Não diz nada de nós.

Eu deslizo para o fundo da loja.

Eu finjo procurar o meu tamanho.

Não tem nada que me agrade.

A cliente vai embora, Ingrid me faz sinal para eu ir para os fundos da loja. Ela entra depois de mim, ela se coloca perto da janela. Eu me aproximo dela.

– Você perdeu um botão, ou o quê?

– Para! Vai logo pegar uma cadeira!

A gente gruda as duas cadeiras perto da calefação.

Juntas, a gente olha pela janela. Dá para um pátio.

Não tem ninguém.

Ingrid coloca música, mas desliga alguns minutos depois.

Ela não me olha. Meus olhos investigam o seu rosto.

Tem caixas empilhadas ao nosso redor.

O cheiro de Ingrid se mistura com o dos sapatos.

Eu acaricio os seus cabelos.

Ela me pede para parar. Obedeço.

Ela abre a janela, ela acende um baseado, e eu me distancio a fim de olhar para ela.

Ela me pede para eu me aproximar.

Eu fico quieta por um instante.

Eu me aproximo, retiro as cadeiras que nos separam.

Eu abro os botões de sua camisa olhando para ela.

– Para de me olhar assim! Você me estressa!

Ela se vira um pouco. Meus dedos impacientes tiram a sua camisa. Eu a coloco na calefação.

– Eu não tenho o direito de olhar para você, Ingrid?

Eu acaricio os seus ombros.

Minha língua lambe suas sardas.

Sua pele tem um gosto de vinagre.

Eu redesenho a sua coluna vertebral.

Eu aperto a sua cintura enquanto a beijo.

Soa um alarme. Um sinal é acionado quando um cliente entra na loja. Ingrid sai para logo voltar.

Ela pega seu telefone, acho que ela se olha.
Eu penso no seu filho.

Ela me pede para dormir na casa dela essa noite.

– Te farei coisas. O sexo é a partilha, Fatima, para de pensar demais o tempo todo.

Eu explico a Ingrid que tenho coisas demais na cabeça.

Aquele dia, eu termino todas as minhas frases com "é isso".

Ingrid me pede para me abrir, falar de mim, dizer o que me bloqueia. Eu não consigo.

– Você está completamente bloqueada e você espera que outros se abram para você.

Ela disse "bloqueada". Durante uma semana, vou revirar essa palavra em todos os sentidos. Bloqueada: fechada, obstruída, limitada, imbecil, colocar obstáculos na passagem de qualquer coisa, impedir...

Eu pego a mão de Ingrid, a beijo.
Eu saio da loja.

No metrô, eu busco desesperadamente os meus fones no fundo da minha sacola. Tudo está mal arrumado: óculos escuros, pacote de lenços revirado, batom, livro amassado, cartão de metrô, Ventoline.

Eu consigo finalmente colocar a mão nos meus fones e enfiá-los nos ouvidos. Ponho o volume no máximo.

Lil Wayne, *The Carter IV.*

"Life is the bitch, and death is her sister."

No caminho, recebo uma mensagem de Ingrid: "Me desculpe".

Eu releio a mensagem pelo menos umas quatro vezes.

Eu acabo apagando o número de Ingrid, eu coloco meu telefone em modo avião e no bolso de trás da minha calça jeans.

Eu desligo a música.

Eu coloco o Alcorão.

Em casa, minha mãe não suporta mais ouvir rap americano durante o dia. Eu abaixo o volume porque acho isso desrespeitoso.

Eu escuto cada vez menos o Alcorão.

Eu prefiro música.

Eu me chamo Fatima Daas.

Eu carrego o nome de uma personagem simbólica no Islã.

Eu carrego um nome muçulmano.

Então eu devo ser uma boa muçulmana.

Eu frequento a mesquita de Sevran.

Eu entro na sala de oração, eu encontro o imã sentado numa cadeira. Não tem ninguém, então aproveito para perguntar se posso falar com ele.

É Ramadão. A minha garganta está seca, imagino que a dele também.

O imã tem uma longa barba ruiva e pequenos óculos discretos.

Ele tem um *qamis*[20] branco. Isso lhe dá um ar de pureza.

Ele não me olha.

Seus olhos estão fixos nos seus pés, em suas meias brancas que vão até os tornozelos.

– Eu tenho uma amiga lésbica muçulmana. Todo mundo pensa que isso não existe. Quer dizer ser muçulmano e homossexual. Dizem para ela que a ho-

20 Roupa longa tradicionalmente usada por homens muçulmanos. (N. T.)

mossexualidade é um fenômeno social, uma noção ocidental que não se adapta a pessoas muçulmanas. Eu gostaria de saber a sua opinião, como aconselhá-la, como fazer para que ela não se sinta excomungada.

Depois de ter me escutado longamente, o Barba-Ruiva me responde. Ele tem uma voz doce.

– Existem cristãos homossexuais como existem lésbicas muçulmanas. Deus sabe melhor do que nós, e nós não sabemos nada. Deus criou os pecados sabendo que pecaríamos. Mas a homossexualidade é proibida no Islã, é preciso se afastar dela. A sua amiga deve multiplicar suas invocações, continuar a praticar, e fazer mais: rezar a metade da noite, jejum nas segundas e nas quintas. Diga a ela para pedir ajuda a Deus, para invocá-Lo, para se arrepender. É a sua provação.

Eu agradeço ao imã.

Uma provação: nome feminino.
Evento doloroso, infelicidade.
Experiência à qual submetemos uma pessoa que é suscetível de estabelecer o valor positivo dessa qualidade. Dificuldade que coloca à prova a coragem de alguém, que lhe provoca sofrimento.

– O casamento é a metade da religião. Talvez ela devesse se casar com um homem e construir uma família.

Os meus pés se contorcem nas minhas meias cinzas, eu coço a nuca. Eu começo a transpirar, não tiro o meu casaco. Eu tento manter o prumo para não dar a entender que eu compreendo muito bem a minha amiga.

O imã começa a recitar referências que ele conhece de cor.

Deus diz a propósito do homem e da mulher:
"Elas são uma veste para vós e vós sois uma veste para elas." Sura *Al-baqara*.

"De todas as coisas criamos pares de elementos para que vos recordeis de Deus."

"Entre os Seus signos, Ele criou para vós e fez de vós casais *azwajen* a fim de que encontreis perto deles a tranquilidade e que entre vós haja amor e bondade."

– A senhora entende?

Eu não ouso dizer que a homossexualidade feminina não é abordada no Alcorão. Eu também não ouso dizer que apenas a história de Sodoma e Gomorra a evoca explicitamente. A gente não fala de homossexualidade, mas do estupro de jovens homens por homens, e não de uma relação homossexual consentida.

Eu penso nos *hadiths*, comunicações orais das tradições relativas aos atos e às palavras do profeta Maomé, e aí eu não digo nada.

Eu parto com o número de um psicólogo muçulmano.

As noites seguintes, eu fico percorrendo os fóruns, lendo, escutando sábios.

Eu falo de homossexualidade com a minha família.

Eu fico chateada às vezes.

Eu faço uma piada um pouco homofóbica para dissimular.

Eu volto para casa depois da conversa com o imã.

Eu ponho o meu pijama.

Antes de ir ao banheiro, faço uma invocação que minha mãe me ensinou: *Bissmillah Allahoumma inni Aoudhou Bika mina l'khoubouthi wa l-khaba'ith*.

"Eu entro citando o nome de Alá, ó Alá, busco a Sua proteção contra o molestar dos demônios machos e fêmeos."

Na nossa casa, depois de cada ida ao lavabo, a gente lava as partes íntimas com água, com a mão esquerda, depois a gente se enxuga.

Eu entro no lavabo com o pé esquerdo e saio com o pé direito.

Na saída do lavabo, digo:

Al hamdou li Lahi ladhi adh haba anni l'adga wa afani.

"Eu louvo Alá por me ter concedido a saída do que teria molestado a minha saúde. E eu O louvo por me ter protegido."

No banheiro, lavo as mãos com Palmolive.

Eu digo: *Bissmillah ar-rahmani R-rahim.*

"Em nome de Deus amante e misericordioso."

Depois dessa invocação, posso começar as minhas abluções.

A purificação ritual é obrigatória para finalizar a oração.

Eu lavo as duas mãos até os punhos, três vezes. Eu verifico cada vez que a água penetra entre os dedos, e lavo a boca, três vezes. Eu introduzo água com a minha mão direita nas minhas narinas, três vezes. Lavo o rosto, três vezes, depois o antebraço direito, e o esquerdo, até os cotovelos. Passo as minhas mãos úmidas na cabeça até a nuca e trago-as de volta para a fronte. Com o polegar e o indicador úmidos, esfrego o interior e o exterior das minhas orelhas. Finalmente, lavo os pés até os tornozelos, começando pelo pé direito. Três vezes.

Eu me seco dizendo: *Ach hadou anal a illaha illa Allah wa ach Adou Ana Mouhamad Rasoulou Allah. Allahouma Jalni Mina Tawabin wa mina el moutatailiyin.*

"Eu atesto que não há Deus a não ser Alá e que Maomé é Seu mensageiro."

Eu entro no meu quarto. Eu me sento.

Eu digo *Aoudou Billah Mina cheitan i rajim* olhando o teto.

Eu me preparo para fazer uma oração suplementar.

Allah U Akbar, Allahu Akbar.

Ach'adou na la Ilaha illa-Ilah, Ach'adou na la Ilaha illa-Ilah.

Ach'adou ana Mohammadan Rasulu-l-Lah.

Hayya Ala-salat, hayya ala-salat, Hayya ala falah, hayya ala-l-falah.

Allahu Akbar, Allahu Akbar.

La Ilaha illa-Allah.

"Deus é o maior, atesto que não há outra divindade a não ser Deus. Atesto que Maomé é o enviado de Deus. Vinde à oração. Vinde à felicidade.

Deus é o maior. Nenhuma divindade que não Deus."

Eu fico em pé no meu tapete de oração. Levanto as duas mãos à altura dos ombros dizendo que Deus é o maior. Coloco as mãos no meu peito. Recito a primeira sura: *Al-fatiha*. Prólogo.

"Em nome de Alá o Todo-Misericordioso, o Muito-Misericordioso.

Louvor a Deus, Senhor do universo.

O Todo-Misericordioso, o Muito-Misericordioso.

Mestre do dia da retribuição.

És Tu, somente, que adoramos e és Tu, somente, a quem imploramos o socorro.

Guia-nos para o caminho reto.

O caminho dos que Te cobriram de favores, e não dos que se desviaram nem dos que provocaram a Tua cólera."

Eu recito uma segunda sura. Escolho *Al-ikhlas*: O monoteísmo puro.

Qul Howa Allahu Ahad.
Allahu As-Samad.
Lam Yalid Wa lam Yulad.
Walam Yakun Lahu Kufuan Ahad.

"Deus: ele é Alá, único. Alá, o único a quem imploramos por aquilo que desejamos. Ele nunca gerou, e também nunca foi gerado. E nada é igual a Ele."

Depois disso, digo *Allah U Akbar* me inclinando. Mantenho a cabeça reta e coloco as duas mãos sobre os joelhos separando os dedos. Digo *Soubhaana rabi al'athim*, "Glória a meu Senhor o Todo-poderoso", três vezes. Olhando para a qibla.

Eu me endireito, levanto a cabeça, meu busto está reto, levanto as mãos na altura dos ombros, dizendo: *Sami'allahou liman Hamida*. "Alá escuta bem aquele que O louva."

Eu me jogo no chão. A gente chama isso *soujoud*.

Allahou Akbar.

Ajoelhada, coloco as mãos no chão, de tal maneira que, com a fronte, o nariz e a parte de baixo dos dedos do pé, sete partes de meu corpo tocam o solo.

Nessa posição, digo: "Glória a meu Senhor o Mais-Elevado." *Soubhana rabi al Ala.*

Eu volto para a posição ajoelhada e me jogo no chão uma segunda vez.

Em pé, as mãos no peito, virada para a qibla, recito *Al-fatiha* e outra sura que conheço de cor.

A qibla é a direção de Meca, de Kaaba.

Eu termino a minha oração recitando *Tachahoud la chahada*. Agora estou sentada no meu tapete de oração, mexo o indicador do alto para baixo, desenhando um círculo, enquanto os outros dedos estão dobrados na minha mão direita.

"Todas as saudações, as orações e as boas palavras são para Alá. Que a paz esteja com o profeta, assim como a misericórdia de Alá e Suas bênçãos. Que a paz esteja também conosco e com todos os servidores virtuosos de Alá. Atesto que não há Deus digno de adoração, exceto Alá, e atesto que Maomé é Seu servidor e mensageiro.

Que a saúde esteja com Maomé e a família de Maomé como esteve com Abraão e a família de Abraão, Tu és certamente digno de louvores e glorificação."

Eu saúdo à minha direita, depois à minha esquerda, dizendo:

"Saudações e paz com vocês, assim como a misericórdia de Alá." *Assalam aleykoum wa Rahmatoulah wa barakatou.*

Uma vez terminada a oração, imploro o perdão de Deus.

Eu recito uma invocação que eu complemento com as minhas próprias súplicas.

"Ô meu Senhor Alá, Tu és a paz e de Ti vem a paz, a Ti a bênção, ô meu Senhor Alá, o Muito-Venerado e o Muito-Generoso, não há outras divindades exceto Alá, único sem nenhum associado, a Ele o reino, a Ele o louvor. Ele é o Todo-Poderoso. Perdoe-me, meu Deus, meus maus pensamentos, minhas más ações, o que eu pude dizer e fazer conscientemente e inconscientemente. Eu me refugio perto de Ti, pois

Tu és o único capaz de socorrer, o único a saber o que há em nossos corações."

Eu Te amo, Grande Deus.

Eu me chamo Fatima.

Eu acredito que eu me comunico melhor do que antes. Consigo dizer "É um prazer...", "Obrigada por...", "Gostei de estar com você". Mas ainda tenho a impressão de dizer demais. Às vezes, exprimo as minhas emoções com distância e reserva. Às vezes, não dá em nada. Às vezes, fico bloqueada. Me calo. Às vezes, falo demais.

Uma noite, estou na cozinha com a minha mãe.

Ela espera Hanane que não deve demorar.

Para passar o tempo, ela tira os pratos da lava-louça.

Eu acabei de comer a minha lasanha.

Eu estou sentada na bancada.

A minha mãe me pergunta se eu vi o meu amigo Yann hoje.

Eu digo que ele levou um fora do namorado, que ele prefere ficar sozinho.

Ela não me pergunta como ele está.

Ela não quer saber.

Lazim i toub. Ele deveria se arrepender.

Eu hesito entre continuar a discussão e mudar completamente de assunto.

Eu acabo por enfrentá-la mesmo assim.

– Não entendo, mamãe!

– Preste atenção às suas companhias. *Hadok nass maderehomch shabak*. Essas pessoas, não faça delas seus amigos próximos.

Minha mãe diz isso com um tom bem calmo, pausado, como se não fosse nada mais do que um lembrete, um conselho benevolente.

Então aceito os seus termos.

Eu digo que não fazem mal a ninguém, "essa gente".

Como se "essa gente" fosse uma espécie estranha.

– Essa gente faz mal a si mesma!

Ao me ouvir falar, fico de novo com vontade de vomitar.

– Deus diz que ou bem você os conduz para o bom caminho, ou você é arrastada por eles.

Minha mãe já tinha dito essa frase em um contexto completamente diferente.

Eu acredito que ela acha que a homossexualidade pode ser uma influência.

Tento fazer com que minha mãe compreenda que a homossexualidade não é uma escolha.

Minha mãe não quer compreender que não mudarei as minhas companhias.

– Deus não condena ninguém. Ele não é injusto.

Eu penso também intensamente que Deus não culpa ninguém.

Ele é *Al-hakim*. O infinitamente sábio em todas as Suas ações. Aquele que julga, mas que é o mais justo e o mais judicioso, porque Ele é o mais sábio.

Eu olho para minha mãe, quero enternecê-la.

– Você sabe que existem muçulmanos nessa situação?

– *Makènch*. Isso não existe. *Machi mousslimine*. Não são muçulmanos!

Eu me levanto, não suporto mais ficar sentada.

Eu não quero mais cruzar com o olhar da minha mãe.

Eu começo a arrumar os copos que ela colocou na bancada.

Eu quero dar uma ajuda, mas ela é rápida demais.

Em alguns minutos, ela arrumou quase tudo.

Minha mãe percebe que a discussão me incomoda, então ela tenta compensar em vão.

– Essa gente me dá pena, eles precisam de apoio.

– Sabe o quê? Não é grave, mamãe! Hoje a gente pode ser tudo: estuprador, assassino sendo muçulmano, menos ser um homem e amar outro homem. Para começar, a gente o elimina, o faz sair da religião. Mas quem somos nós para interferir na fé e na prática de alguém? E, depois, você não acredita que teriam preferido amar as mulheres?

Em nenhum momento digo as palavras "gay" ou "lésbica"; digo "eles" por pudor. Aliás, mais tarde me dou conta de que a gente nunca falou sobre homossexualidade feminina com a minha mãe, como se isso não existisse.

Eu acabo por parar de alimentar a troca.

Eu digo a minha mãe que começo a ficar doente, o sinto, tenho frio.

– Vou para o meu quarto, mas você pode vir.

Ela espera Hanane, mas ela me segue mesmo assim.

A gente fala de outra coisa.

Eu não posso me impedir de pensar nas palavras que ela me disse.

Eu me chamo Fatima.

Na minha casa, a gente espera o mês de Ramadão para jantar em família.

Uma noite, antes de interromper o jejum, meu pai diz que pouco importa para ele não ter tido um filho. Ele também diz que, contrariamente a ele, a nossa mãe queria um.

Minha mãe não diz nada.

Essa noite eu entendo que não sou aquela que meus pais esperavam.

Sua fantasia de filha.

Eu sou o filho que não tiveram.

Eu me chamo Fatima Daas.
Eu tenho uma fraqueza pela fragilidade.
Uma fraqueza pela hipersensibilidade.

Saindo uma noite, com Cassandra, esbarro com Nina.

Nina está com um grupo de cinco pessoas.

Cassandra e eu encontramos alguns amigos.

Cass se apaixona por esse espaço.

Ela ama o veludo vermelho, os trabalhos de madeira e a delicadeza dos detalhes.

A gente vai e vem entre o jardim e a pista de dança. O verão está acabando. Muita gente fica do lado de fora, cerveja na mão, cigarro na outra, no chão, esparramadas em cadeirinhas, sentadas juntas no mesmo banco de madeira, rindo, fofocando, se pegando.

Cassandra e eu dançamos juntas.

Eu não consigo não olhar Nina de soslaio.

Ela se move com ardor, os olhos fechados.

Os movimentos da luz em seu rosto me perturbam.

Aí, de repente, não tenho mais vontade de estar nesse ambiente.

Nina sussurra no ouvido de Thierry.

E sem saber por que, já estou inquieta.

Thierry é um amigo que ela conhece há mais de seis anos.

Nina desliza entre os corpos suados que se jogam sem harmonia.

Eu sinto o calor subir até a cabeça.

Eu abotoo de novo a minha camisa havaiana olhando Nina sair da pista de dança.

Eu espero que ela se afaste um pouco, depois pergunto a Thierry o que ela disse para ele.

Eu deixo Cassandra na multidão. Vou para Nina, ela está sentada no banco vermelho em volta da pista de dança.

Ela, Nina, se enrosca, a cabeça nos braços, como a professora nos mandava fazer na escola primária, quando a gente fazia bagunça.

Eu me sento ao lado dela.

Eu pego a sua mão.

– Está triste?

Ela faz sim com a cabeça.

– Você quer o meu abraço, Nina?

Ela não responde, mas ela se encolhe em mim.

Eu coloco meus braços em volta dela, ponho uma mão no seu quadril. Minha mão sobe com delicadeza.

Eu posso sentir a sua fragilidade, ela é palpável.

Ela está nas suas costas, em torno da sua coluna vertebral, ela está em seus punhos, em suas veias que transparecem sob a pele dos antebraços, em seus olhos fugitivos, em sua garganta cerrada, em seus lábios secos caídos, em sua respiração arfante.

Nina se enrosca de novo instintivamente, e eu continuo a olhá-la.

– Tudo bem?

– E você, tudo bem? É o que ela me devolve.

Ela fechou os olhos. Eu não respondi.

Eu acariciei os seus braços fazendo um vaivém das mãos aos cotovelos, dos cotovelos aos ombros.

Ela estava tensa, mas senti que ela se deixava levar à medida que eu acariciava a sua coluna vertebral até a nuca.

Eu a olhava longamente antes de redesenhar seu rosto, de acariciar os mínimos traços.

Eu cuidava para não mostrar nenhum desejo.

Nina me cochicha no ouvido:

– Por que você não vai para ela?

Eu faço como se eu não entendesse o que ela queria dizer.

– Mas você está falando de quem?

Nina me olha com um ar desdenhoso, ela diz:

– De quem você acha? Sua namorada, Cassandra?

Eu me chamo Fatima Daas.
Eu sou a caçula da família, a última filha.
A *mazoziya*.

Meu professor de ginástica anuncia para toda a classe: Você não é malvada, Fatiminha, você apenas não tem afeição.

Eu estou com dor no estômago.
Eu quero vomitar.

Eu me chamo Fatima.

Eu lamento que não me ensinaram a amar.

Numa quinta à tarde, ofendo a minha professora de matemática, dona Relca.

Eu sinto um calor na minha nuca.

Minhas mãos estão suadas.

Ela não diz nada.

Ela está lá, na minha frente, em pé, como uma placa Pare.

Ela arruma as suas coisas.

Uma mão na sua bolsa, pronta para partir.

E eu estou aqui, na frente dela.

Impotente.

Eu tenho a impressão de parecer ridícula.

"A ignorância é o pior dos desprezos."

Em dois minutos, essa frase adquiriu todo o seu sentido.

Havia duas pessoas com a dona Relca na sala aquele dia. Oumaima, a menina mais alta da classe, e Rudy, que todo mundo chamava de Rud ou pelo termo infame de *pakpak*.[21]

21 *Pakpak* é uma expressão ofensiva que designa uma pessoa de origem paquistanesa. (N. T.)

Eu estou aqui.

Ninguém me olha.

Eu pergunto a dona Relca várias vezes porque ela me traiu pelas costas, sem me prevenir.

Ninguém responde.

Eu me aproximo mais e mais da dona Relca.

Eu levanto a voz.

Oumaima se coloca entre nós.

Isso dava a impressão de que eu ia lhe dar uma porrada.

Eu não sei se eu queria lhe dar uma porrada.

Eu não sei se eu o teria feito, se Oumaima não estivesse entre nós.

Eu chamo dona Relca de grande puta ao deixar a sala.

Elena, uma inspetora, coloca sua mão sobre a minha boca, como para me impedir de fazer uma besteira.

Já cometida.

Eu desço para o pátio.

Eu me encolho num canto.

Em frente, tem um vidro, a gente pode ver a enfermaria.

Alunos vêm me ver.

Me perguntam se está tudo bem.

No fundo do pátio, um menino e uma menina brigam.

Eu me levanto, eu esmurro a parede atrás de mim.

O fim do recreio soa, meu punho está sangrando.
Eles vêm me buscar.
Eu sou convocada para ir ver dona Salvatore.
Eu entro na sua sala.

Dona Salvatore tira os óculos, diríamos Madame Legourdin em *Matilda*.

Ela me diz para me sentar. Eu obedeço.
À minha direita está dona Relca, em pé, os braços cruzados.

Dona Salvatore não pergunta a minha versão dos fatos.
Não a espanta que eu esteja outra vez na sua sala.

– Eu vou expulsar você de vez!

Eu me chamo Fatima.

Eu busco uma estabilidade.

Porque é difícil sempre ficar de fora, fora dos outros, nunca com eles, fora da sua vida, fora de lugar.

Nina me fez entrar na casa dela, se desculpando.

Eu lhe digo que já vi pior.

Na casa de Nina, há um pequeno corredor de dois metros que leva ao seu quarto. Lá, tem uma cama desfeita, debaixo da cama há guimbas, sobre a sua escrivaninha, uma tevê cercada de livros.

Tem um violão e, do lado, roupas que ela deixou por aí.

Eu me sinto esquisita na casa de Nina e ao mesmo tempo me sinto bem.

Há alguma coisa apaziguadora nessa desordem, como se eu achasse o meu lugar, como se fosse um pouco o meu interior.

Tenho a pretensão de pensar que vou pôr ordem na vida de Nina, mesmo que não haja nenhuma na minha, já que eu nem morta arrumo meu quarto, faço minha cama, que na minha idade ainda é a minha mãe que faz isso.

Com Nina perto de mim, sou menos esquisita. Menos louca. Menos bloqueada.

São sete e meia.

Finalmente nos deitamos.

Nina coloca um vídeo no seu tablet, ela fala que isso vai lhe ajudar a dormir.

Ela coloca uma mão no seu coração e a outra nas suas costelas.

– Você está aqui por que não está legal com a Cassandra? Você está comigo por que ela vai largar você? Por que você não foi para casa com outra, por que você não a pegou essa noite? Você avisou a Cassandra pelo menos? Você lhe disse que fomos embora juntas?

Eu não respondo nada a Nina.

Eu fico olhando para ela com o meu jeito foda-se que não dá nenhum foda-se. Quanto mais eu olho para ela, mais eu penso em *A vida material*.

No que diz Duras.

Acredito que o amor sempre acompanha o amor, não podemos amar sozinhos cada um do seu lado, não acredito nisso, não acredito nos amores desesperados que vivemos solitariamente. (...) *Não é possível amar alguém que não nos agrada, que nos aborrece, realmente, não acredito nisso.*

Nina tem a coberta até o pescoço.

Eu sinto o seu olhar me percorrer.

– Sabe, Fatima, não posso te oferecer o que você quer. Como casal, sou melancólica e silenciosa. Aliás, não tenho nada a oferecer.

– Cê sabe, Nina, você fala por todos menos por você!

– E você, Fatima, você só me quer porque eu digo não!

Ouvir essa frase me irrita, sem dúvida porque ela encerra uma verdade, mas não consigo saber de que verdade se trata.

Eu entendo nesse instante que eu não terei Nina e que ao mesmo tempo continuarei a desejá-la.

Eu me chamo Fatima.
Sou uma pequena camela apavorada.

Dona Salvatore pega um telefone debaixo de um monte de folhas em branco.

Eu imagino que ela liga para a minha mãe.

Ninguém atende.

Eu dei um número errado.

– O número do seu pai?

– Não sei.

Eu respondo sem olhar para ela.

Dona Salvatore se levanta e sai, ela deixa a porta entreaberta.

Eu me encontro sozinha com a dona Relca na sala.

– Nem estou irritada, Fatima, só estou decepcionada.

Eu não digo nada.

Eu não posso falar.

Em que eu penso quando ela me diz isso?

Talvez na minha mãe, que ainda vou decepcionar.

Ela tem lágrimas nos olhos.

Eu tenho o olhar negro.

Dona Relca não quer que eu passe por um conselho disciplinar.

Dona Salvatore me diz que tenho sorte.

Eu não era o que chamamos uma "má aluna".

Eu não compreendia por que queriam me mandar embora, me expulsar, me pôr na rua.

Se desfazer de mim, como um velho par de sapatos.

Ou talvez fosse eu quem quisesse ir embora.

Alguns dias depois de ter ofendido a dona Relca, vejo a minha mãe e Hanane aparecerem na escola.

Dona Salvatore fecha a porta atrás de nós.

Ela diz que me vê como um menino, que estou me degenerando.

Eu sinto vergonha.

Eu não sei precisamente de quê, mas alguma coisa nas palavras da dona Salvatore me perturba.

Talvez porque eu tenha vergonha de ser vista como um menino.

Eu sinto vergonha de que me lembrem, na frente da minha mãe, o que não sou.

Eu me chamo Fatima Daas.

Eu vejo rapidamente quando uma pessoa vai marcar a minha existência.

Às vezes, me pergunto se não sou eu quem decide.

Eu preciso controlar.

Eu preciso me controlar.

Eu preciso controlar todas as minhas emoções.

Eu preciso controlar o outro.

Quando Nina me pergunta sobre a minha família, eu me surpreendo falando, então, paro de repente.

Eu fico imobilizada.

Eu fixo o olhar numa mancha de umidade.

Uma mancha gordurosa sobressai atravessando a pintura acrílica no teto.

Meu pai me ensinou que a pintura à base d'água não tapa as manchas gordurosas, elas acabam transparecendo através dessas pinturas que todo mundo acha milagrosas.

– Você tem a impressão de dar demais.

Não tem nenhuma entonação na frase de Nina, então não respondo.

Eu não quero dizer para ela que não falo da minha família.

Eu não posso dizer para ela que minha mãe me ensinou bem nova a deixar os problemas em casa, que ela tem fobia de *bara*, do fora.

Eu não sei realmente dizer para ela quem é a minha mãe, quem é o meu pai.

Eu não posso dizer para ela que os meus pais ainda estão juntos sem saber por que razão, que com as minhas irmãs, a gente passou anos tentando convencer minha mãe a deixá-lo, mas que o nosso desejo não foi atendido.

Que a minha mãe não atendeu esse desejo porque ela pensava que isso destruiria a célula familiar.

Era para nós, para o "nosso bem" que ela continuava casada.

Eu também não podia dizer para ela que com dezesseis anos minha irmã Dounia fugiu pela primeira vez, que ela foi violentada, que na mesma noite meu pai disse para ela *khchouma*, vergonha.

Minha irmã era a vergonha da família, ela procurou isso.

Mas eu disse para ela que minha irmã foi violentada.

Sem falar da reação do meu pai nem de tudo que aconteceu depois.

Não somente tive a impressão de "dar demais" a Nina, tive a sensação de trair um segredo de família do qual eu sentia um pouco de vergonha.

Desde então, só disse que não queria que a gente falasse de mim.

Ela não insistiu.

Nina, ela sabia como fazer comigo.

Houve um grande vácuo, mas não era um desses momentos constrangedores.

Ela tinha um pequeno sorriso malicioso no canto dos lábios, eu o via chegando.

– Elas são lésbicas, suas irmãs? Vocês fizeram coisas juntas?

Ela caiu na gargalhada.

Eu ri também.

Seu humor, eu o achava um pouco *hard-core* demais, sempre muito peculiar.

Nina sorri no canto dos lábios, eu penso comigo mesma que ela é magnífica. E me dói no estômago não conseguir dizer isso para ela, uma vez que estou pronta, pronta a falar, a comunicar, a fazer essas coisas que não soube fazer todas as vezes quando Ingrid me pedia para falar, todas as vezes que eu deveria ter tranquilizado Gabrielle.

Quando me despeço de Nina, tenho a impressão de que a gente se diz adeus.

Ibn Qayyim al-Jawziyya escreveu em *A medicina dos corações*:

Não há na terra alguém mais infeliz do que o apaixonado, mesmo se ele acha doce o gosto da paixão. Você o vê chorar em toda situação, por medo de ser separado de seus bem-amados ou por desejo de reencontrá-los. Longe dele, ele chora porque lhe fazem falta. Próximos dele, ele chora por medo da separação. Lágrimas quentes quando encontra e lágrimas quentes quando se separa.

Eu me chamo Fatima Daas.
Eu sou francesa de origem argelina.

Eu pego o avião pela primeira vez com treze anos;
Minha mãe e meu pai têm medo de altura.

Uma vez que estamos sentadas a bordo, minhas irmãs e eu, recebemos um pequeno livro vermelho.

Dentro dele, tem uma invocação para recitar na partida.

Eu leio a tradução antes da fonética para compreender o que me preparo a dizer. "Alá é o maior, Alá é o maior, Alá é o maior. Ó Alá, Te pedimos para nos conceder nessa viagem a bondade piedosa, o medo assim como todo ato que Te satisfaz. Ó Alá! Facilita-nos essa viagem e encurte para nós a sua distância. Ó Alá, Tu és nosso parceiro de viagem e o sucessor próximo às nossas famílias. Ó Alá, busco refúgio perto de Ti contra o cansaço da viagem, contra toda fonte de tristeza e contra toda infelicidade que tocaria nossos bens e nossas famílias no nosso retorno."

No aeroporto, uma grande parte da família nos espera.

As duas famílias estão misturadas, a da minha mãe e a do meu pai. Minha mãe me faz um sinal com a mão onde as minhas famílias se encontram ao dizer *Rakétchoufihom* – Você as vê?

Eu descubro uma multidão, braços que se jogam para dizer oi.

Eu escuto risos.

Eu vejo uma criança sentada nos ombros de um homem com a cabeça calva.

Eu fico com a impressão de que lhe falta uma perna.

Eu sorrio feito boba.

À medida que a gente avança, eu não posso me impedir de observar as famílias ao redor para saber como reagir quando eu tiver percorrido essa linha reta e estiver em frente dos meus.

Eu pego como modelo as famílias que se saúdam, sem saber que cada reencontro é único.

Uma barreira cinza nos separa da minha família da Argélia.

Há nós: os turistas que desembarcam no país que conhecem bem.

E, aí, há "eles": a minha família.

Eles, eles fazem um corpo.

Eles formam um conjunto lógico, com o mesmo sistema de pensamento de uma família à outra, as mesmas perspectivas, os mesmos projetos, os mesmos medos e os mesmos desejos.

Na Argélia, a França é ao mesmo tempo um saco de merda e o paraíso.

Eu me chamo Fatima Daas.

Eu sou muçulmana.

Eu tenho um compromisso com o imã Kadir às quatorze horas na Grande Mesquita de Paris.

Eu chego.

Eu estou adiantada.

Ele me faz esperar dez minutos em frente da sua sala.

Ele ainda está numa reunião com uma jovem mulher que eu vi ao abrir a porta, antes de ele me dizer para esperar.

Ela não é muito alta, um pouco pálida.

Assim que a porta se fechou, eu não pude me impedir de imaginar seus cabelos sob o seu véu azul: curto loiro-claro.

Eu logo me recomponho.

Você está na mesquita, Fatima.

Eu estou em pé em frente à porta.

As mãos nos bolsos.

Eu me pergunto o que se diz lá dentro.

Eu me surpreendo pensando em Dounia.

Quando a gente estava em Saint-Germain, ela ficava ouvindo atrás das portas dos nossos pais.

Eu ando no corredor imaginando, como Dounia, vários cenários. A menina de cabelos curtos loiro-claros queria se converter à religião muçulmana.

Talvez ela tenha perguntas sobre a tradição do Islã ou ela decidiu se divorciar.

É chavão dizer que ela é casada.

Eu me chamo Fatima Daas.
Eu sou a filha de Ahmed Daas.

O céu de Argel está aberto.
O tempo está seco, um calor abafado.

Nos primeiros dias, descubro o vilarejo onde meu pai cresceu.
O caminho que leva à casa da minha avó.
Um caminho sinuoso, com calçadas bem pequenas e destruídas.
No caminho, a gente se esquiva dos lixos derrubados.
A garotada que corre para todos os lados e passa entre as nossas pernas.

A alguns passos da casa da minha avó, durante a minha estadia, vários comerciantes me chamam para saber se sou filha de Ahmed Daas.
Ninguém nunca me disse que eu parecia com meu pai.
Não conheço ninguém. Me reconhecem.

A Argélia é um país muçulmano.

A gente escuta, cinco vezes por dia, *Al-adhan*, o chamado para a oração.

Saindo da casa da minha avó paterna, vejo homens que estão indo para as mesquitas do vilarejo, vestidos de *qamis*: longos vestidos que descem até os tornozelos.

Na casa de Deus, às sextas, as mulheres são menos numerosas que os homens.

Eu me chamo Fatima Daas, sou uma pequena camela desmamada.

Na Argélia, sou a neta perfeita.

Aquela que olha para o chão, que não levanta muito a voz, que escuta sua mãe, que sorri para tudo, que fica em silêncio sem parecer tímida ou acuada. Eu tenho o que dizer, mas fico atenta para não tomar muito espaço.

No pátio, eu escuto balidos.

Eu não busco de onde vêm esses gritos.

Eu me digo que devem vir do exterior.

Dounia me mostra os carneiros atrás da grande lona azul.

Eu olho para eles um por um, sem me aproximar.

Dounia se lembra de uma Aïd[22] na Argélia quando era pequena.

Ela me conta que brincava nesse mesmo pátio, com um carneiro que ela chamava *sahbi Vandou*.

Meu amigo Vandou.

Eu, eu pensava no carneiro que meu pai queria que eu degustasse para a Aïd.

22 Ver nota 17, pág. 98. (N. E.)

Eu me chamo Fatima Daas.
Eu nasci de cesariana.
Numa família muçulmana.

Na Grande Mesquita, o imã deve ouvir as mesmas histórias várias vezes por dia. Então, tento ao mesmo tempo repetir essa minha história formulando a coisa da maneira mais simples possível.

Eu tive essa ideia ao fazer a prece da tarde, *Al-asr*, na grande sala do térreo, do lado das mulheres.

Como eu.

Muçulmanas.

Como eu.

Aqui, o imã pode abrir a porta a qualquer momento.

É a minha vez de falar.

A jovem mulher com véu azul vai embora.

Eu não vou mais cruzar com ela.

O imã fechará a porta atrás de nós.

Um calor vai me percorrer.

Eu devo contar a história de minha amiga lésbica muçulmana.

Eu me chamo Fatima Daas.

Eu sou filha de Kamar Daas.

Na família da minha mãe, alternadamente, as pessoas vêm me abraçar.

Elas têm olhos que brilham.

Quando as minhas tias abraçam a minha mãe, elas choram, cada uma.

Quando elas abraçam minhas irmãs, elas contam lembranças que guardam delas.

Eu contemplo minhas tias.

Eu tive a oportunidade de ouvir suas vozes no telefone, mas teria sido incapaz de reconhecê-las.

Eu as chamo pelo nome.

Talvez seja um pouco *khchouma*, vergonha.

Eu quero passar despercebida, mas é para mim que elas olham.

Olham aquela que nasceu lá longe, na França.

Aquela que não conhecemos de jeito nenhum, que apelidamos Titi.

Que é alta e magra demais.

À noite, na família da minha mãe, todo mundo fica de pé, mesmo os mais novos.

Nos colocam em torno de uma grande mesa.

Várias mulheres deixam a sala, mas voltam com um prato.

A cada vez tentam abrir mais lugar na mesa.

Eu tenho medo de que alguma coisa caia, medo de fazer um movimento em falso, de quebrar um copo, de que me vejam como uma menina desastrada.

Eu sinto um calor extremo, mas não ouso beber nada.

– *Darek hna, dar manek, dar ymek, ma tkhechmech.*

– Aqui é a casa de seus avós, de sua mãe, sua casa, você não deve sentir vergonha.

Eu acho que não sinto vergonha.

Eu não estou acostumada a comer diante de uma assembleia de gente.

Em casa, a gente janta sempre em horários diferentes, raramente juntos.

Minha tia Zara traz um tajine *zitoune* que ela coloca no meio da mesa. Somos convidados para comer juntos uma refeição argelina, sem pratos nem talheres. É a minha primeira vez na Argélia.

Minha primeira refeição verdadeira em família.

No fim, temos o direito a doces de todas as cores, rosas com amêndoas, castanhas com mel, acompanhados de um chá de hortelã delicioso.

Vários membros da minha família repetem para mim que sou a *mazoziya*, a caçula, a última filha.

Eu já amava a sonoridade da palavra *mazoziya*, antes mesmo de entender o seu significado.

Eu sou bem acolhida pela minha família desconhecida.

Minhas tias são "táteis". Meus pais o são menos. Ou não o são.

Eu descubro os primeiros abraços, beijos, carinhos, cumprimentos, palavras ternas.

Eu passo às tardes visitando a cidade, a natureza, os vilarejos, às noites discutindo com as minhas primas que me contam anedotas que já ouviram e repetiram um milhão de vezes.

Eu amo o calor argelino.

Eu sinto falta quando volto à França.

O imã abre a porta sem sorrir. A mulher vai embora.

Ele me dá boas-vindas. *Marhba.*

Ele não se apresenta, mas me sugere calorosamente que eu me sente, mostrando uma cadeira que está em frente à sua mesa.

Ele não me serve café nem chá.

Eu me digo que na sua casa ele deve receber bem os seus convidados.

O imã Kadir parece ser uma pessoa organizada, generosa.

Na sua sala tem arquivos empilhados, um quadro com uma foto dele e da sua família em Meca.

Eu penso novamente nas palavras de Rokya, a minha melhor amiga:

"Só nas fotos somos felizes."

No seu computador, ele coloca *post-its* rosa e amarelos.

Por curiosidade, tento decifrar a sua escrita, mas não entendo nada.

É a caligrafia de um médico.

Eu não posso ficar indiferente ao cheiro de mofo.

Eu quero deixar uma vela perfumada de lavanda na sua mesa.

Os traços de umidade no teto me lembram a mudança.

Os primeiros dias em Clichy-sous-Bois.

Eu me lanço:

– Tenho uma amiga que conheço há muito tempo que tem um problema. De fato...

Eu acho que estou na emergência, a escrita ilegível do médico.

Nenhuma resposta às perguntas, só fatos, mais fatos.

Termos medicinais incompreensíveis.

O imã começa as suas frases em árabe, ele as termina em francês.

– *Keyne wahda* solução. É o Islã, senhora.

O imã também é um médico.

Ele é paternalista, repete que se deve levar a sério o tratamento e não interrompê-lo. Só que, aí, tenho a sensação de que vou para a sala de cirurgia para que me operem, só para me falarem que não podem fazer nada por mim.

– Ela não gosta muito de meninos, aliás é bizarro... não é que ela não goste deles... é... do gênero...

Entrar na sala do imã é entrar na sala do diretor. Fiz mais uma besteira, um erro, vou ser castigada.

Eu devo achar o mais rápido possível uma maneira de legitimar os meus atos, um meio para me desculpar e prometer que não recomeçarei.

Ao longo da minha discussão com o imã, fixo os olhos numa pequena prateleira branca que está bem embaixo de seu ombro.

Isso me permite escapar do seu olhar.

– Os meninos, são amigos para ela... irmãos... de fato... ela gosta mais de meninas...

Na prateleira tem alguns livros.

Um Alcorão de capa vermelha.

Minha atenção se volta para um livro bem espesso que tem o título: *Goza a tua vida*.

– Ela gosta das meninas... Mas, assim... não como amigas, ela gosta delas, gosta, sabe? Além disso, com o seu pai... é bem tenso... logo... pensei que... talvez haja.... Como dizer? Tipo... Uma ligação?

O imã mexe na sua barba cada vez que começa a falar.

Mais um distúrbio obssessivo-compulsivo!

Wech rajé der haja mal. Ela não sofreria *loukèn kanète darèt haja mlekha* – O que ela faz é algo ruim. Ela não sofreria se fosse algo bom para ela.

O imã acrescente:

– Deus criou Adão e Eva, e não Eva e Eva. Depois do casamento para todos, a gente acabará no casamento com os animais ou as crianças.

Tarde da noite, repito as palavras do imã na minha cama.

Eu faço jejum na segunda e na quinta.

Eu rezo mais duas vezes.

Eu escuto o Alcorão.

Eu não frequento mais mulheres.

Eu tampouco frequento homens.

Eu tenho essa frase, na cabeça, que repito sem parar: Adore Deus como se Ele estivesse na sua frente. Se você não O vê, Ele, decerto, vê você.

Eu choro, prostrada diante da imensidão de Deus.

Eu tremo ao recitar os versos.

"Meu Deus, me conceda misericórdia. Em Ti, deposito a minha confiança."

Eu suplico a Deus para ficar mais perto Dele.

Alá tem noventa e nove nomes.

Eu suplico a Ele, citando Seus nomes mais belos.

Ar-rahman, o Muito-Misericordioso, *As-salam*, a Paz, a Segurança, a Saúde; *Al-ghaffar*, o que Tudo-Perdoa.

Deus diz: "Aquele que se aproxima de Mim com um palmo, dele Me aproximarei com uma braçada, se ele se aproxima de Mim andando, dele Me aproximarei correndo."

Eu confesso meu amor baixinho, os olhos cheios de lágrimas, a voz tremendo, o coração pesado. Juro não recomeçar, juro estar à altura, alimentar a minha fé, cultivar minha crença e minha adoração.

Eu juro sem prometer.

No entanto, há essa voz atrás, que toma todo o lugar.

É como se fosse uma parte de mim, não, algo mais forte, maior, meu duplo.

O duplo que não podemos calar.

Essa voz é o meu *nafs* – minha alma – que me incita ao "mal".

Eu me chamo Fatima.

Eu carrego o nome de uma personagem simbólica no Islã.

Eu carrego o nome de uma argelina.

Eu tenho vinte e dois anos, volto à Argélia depois de três anos de ausência.

Do lado do meu pai. A gente se reúne para conversar na sala.

A gente fala da vizinha que vimos de manhã, ela tinha um jeans "justo demais". A gente fala de Bilal, que ganhou seis meses de prisão, e da sua mãe que se sente esgotada.

A gente fala de um tio que visita sua mãe sem levar nada com ele.

Nem mesmo um quilo de bananas.

Perguntam-me como estou nos estudos, que profissão quero seguir, se eu gostaria de ficar definitivamente na Argélia.

Eu só falo em que ano da faculdade estou, é suficiente, ninguém quer saber mais de qualquer maneira.

Eu não falo das minhas três reorientações, do meu ano desempregada...

Eu não quero envergonhar os meus pais.

"E o véu? Você vai vesti-lo? E por que você ainda não se casou? Não pode esperar, é bom ter filhos cedo."

Às vezes tenho desejo de ser eu. Dizer o que penso. Mas as palavras dos meus pais me invadem.

"O que a família vai pensar quando ela souber que..."

"Você vai nos envergonhar."

"Vão repetir..."

"Vão criar uma reputação..."

"Vão todos falar de você."

"As pessoas falam de nós."

"O que você quer é sujar a nossa imagem?"

Eu beijo o rosto da minha avó paterna.
Ela tem desenhos de hena nas mãos.
Ela segura meu braço com vigor.

Assim que me levanto para ir embora, ela me pede para ficar. Antes, a minha avó contava muitas histórias, ela se tornou silenciosa.

Ela não me reconhece, ela me agradece por ter vindo vê-la e me pergunta a cada dez minutos se a gente chegou bem.

– *Manné*, avó, é Fatima, a filha de Ahmed. Você sabe, seu filho que mora na França...

Aí, ela aperta dois dos meus dedos. Depois fecha os olhos.

No mesmo ano, minha avó tem um acidente vascular cerebral.

Morre cinco dias depois.

Tem oitenta e oito anos.

Minha avó morre na camionete de seu filho.

Ela volta da cinesioterapia.

São onze horas da manhã.

Assim que minha irmã Dounia recebe a notícia, ela me manda um SMS: *Manné morreu.*

Eu peço a Dounia o número de Ahmed Daas.

Eu telefono para o meu pai.

Ele atende.

Ele me pergunta quem eu sou.

Eu falo com uma voz inaudível: "É Fatima."

– *Allah y Rahma*, que ela repouse em paz.

– Não consegui chegar a tempo para ver a minha mãe viva, espero pelo menos vê-la morta.

A gente desliga, sinto frio nas costas.

No mesmo dia, meu pai pega o voo das 16h para Argel.

Eu penso na primeira vez que escrevi.

Eu não pude encontrar os meus avós.

Estão mortos, mas continuam a viver através de histórias. Dentre aquelas que me puderam resgatar durante as minhas viagens, tem a do gênio.

Contam que um dia meu avô estava comendo um pedaço de *kalb al-louz*, um "coração de amêndoa", um doce argelino.

Sentado num banco no cemitério el Kettar de Bab el-Oued, meu avô dá suas últimas mordidas quando um gênio, um mau espírito, aparece na sua frente.

A gente não sabe bem sob que forma.

O gênio pede ao meu avô para dar a ele um pedaço do doce.

Conhecido por sua generosidade, meu avô lhe informa que o vendedor se encontra bem em frente do cemitério.

Assim que meu avô se levanta para lhe comprar um bolo, o gênio tem um ataque de raiva. Ele quer a última mordida.

Dizem que o gênio o teria amaldiçoado aquele dia.

Meu avô paterno faleceu quando meu pai era adolescente.

Meu pai diz que seu pai nunca levantou a mão contra ele, mas que ele batia em todos os seus irmãos e irmãs.

A mais velha das minhas tias diz que ele batia em todos, mas que meu pai deve ter esquecido.

Meu pai diz que seu pai o acordava para comer carne no meio da noite.

Meu pai diz que seu pai era um homem como não há mais hoje em dia.

Adulta, de volta à França, escrevo num caderno: *Tenho a impressão de deixar uma parte de mim na Argélia, mas me digo toda vez que não voltarei.*

Eu me chamo Fatima.

Eu carrego o nome de uma personagem simbólica no Islã.

Eu carrego um nome que deve ser honrado.

Um nome que não se pode sujar.

Eu estou na casa da minha melhor amiga, Rokya.

Roky, minha magia.

Ela sabe reconhecer os momentos em que sua presença é indispensável e em que ela deve me deixar em paz.

Com Rokya, falamos de Nina durante horas enquanto comemos porcarias. A gente mistura doce, salgado, nos enchemos de bala.

É como se a gente ainda tivesse doze anos.

– Eu me pergunto como você faz para não ficar puta com as minhas histórias de mulher, Roky.

– Para de me chamar de Roky porque vou quebrar os seus dois dentes da frente. Você vai ser menos bonita assim.

– Mas é sexy demais, Roky!

– Não começa, Fat. Não há histórias de mulher, você só fala da Nina. De fato, você talvez seja monogâmica.

Rokya ri da sua própria piada. Na medida em que seu sorriso se alarga, suas covinhas se desenham.

Ela é sublime.

Ela consegue me fazer sorrir.

Ela sempre conseguiu, e isso, desde a escola.

– Você não me irrita, Fatima. Nina é particular. Você a vê como se fosse Godot. Juro a você, ela não sabe o que está perdendo, a mulher, ela não sabe o que está estragando. Você quer que diga a verdade para você?

Eu não respondo.

Rokya sabe que passei para o modo silencioso.

Eu a escuto.

– Confio na pessoa que você teria sido com ela. Confio na namorada que você pode ser, mesmo você sendo bizarra como mulher. Na verdade, você é muito bizarra, Fatima. Tenho que dizer. Você é desajeitada, metida, você dá uma de *Don Juana* e às vezes faz muita merda. Com Nina, não sei por quê, mas sei que você teria sido fiel, paciente, benevolente. Você não a trairia. Você não poderia fugir. Aliás, bem, eu sei por quê.

Rokya faz uma pausa, é um pouco como se ela tirasse a temperatura, a minha temperatura, como se ela quisesse ter certeza que eu estaria pronta para ouvi-la.

Você está apaixonada.

Você se apaixonou por alguém que carrega um peso.

Não é uma menina ruim, Nina.

Talvez não seja o momento.

Eu acho que ela tem medo.

Ela tem medo de que dê certo.

Ela tem medo de você, então ela inventa histórias para você não confiar nela.

Isso a tranquiliza.

Ela pressiona você para viver outras histórias.

E é violento para você.

Sei que você detesta falar de mérito, mas você merece ser amada e receber muito de volta.

E mesmo se você dá uma de mulher segura de si, todo o tempo, tipo inatingível, que não está nem aí, que não sofre, sei que é violento para você.

Nina, ela não lhe deu o suficiente, mas ela ofereceu a sua fragilidade.

E é isso a confiança, Fatima.

Eu tenho lágrimas nos olhos, eu peço a Rokya para sair de seu próprio quarto.

Ela aceita. Ela me deixa. Ela fecha a porta atrás dela.

Ela volta. Ela abre a porta. Ela mostra a cara.

Ela diz: “Abra a janela, fume um cigarro, tranquila, e *call me* quando eu tiver o direito de voltar a ser a sua comparsa, *darling*.”

Eu me sento na beira da cama de Rokya. Sua cama branca. Ikea.[23]

Eu ponho Deezer no meu telefone. Kendrick Lamar, *Love: I'd rather you trust me than to love you. If I didn't ride blade on curb, would you still love?*

O vidro da janela está embaçado. Eu me levanto e escrevo: *Roky Sexy!*

Eu volto a me sentar na sua cama.

Eu estico meus dedos como se eu me preparasse para fazer algo decisivo.

Eu reviro os bolsos do casaco. Eu pego meu telefone.

Eu digito a primeira letra de seu nome na lista de contatos, a segunda, a terceira, a quarta... até que eu vejo seu nome aparecer. Todo. Na minha frente.

Nova mensagem:

Nina,

Eu apago. Eu inspiro lentamente como me ensinaram na escola de asma.

Eu expiro.

Eu recomeço.

Nina,

Nina,

Eu lamento não estar à altura, eu seria incapaz de lhe dizer essas palavras ao vivo. Às vezes, é preciso

23 Ikea é uma empresa de origem sueca especializada móveis domésticos de baixo custo. (N. T.)

escrever, uma mensagem, um poema, uma canção, um romance, para fazer o luto de uma história.

Tentei explicar as suas reações, as suas não reações, seu comportamento, mas isso fica frouxo.

Eu fui embora, voltei, Nina, porque quis fazer melhor, quis respeitar seu ritmo, me adaptar aos seus gestos, à sua linguagem. Ainda tinha coisas a lhe provar: lhe provar que você é diferente, que com você é diferente, que tenho os ombros largos para carregar a sua dor, que sou melhor com você do que sem você.

Adoraria que fosse mais fácil, Nina. E você acha que não é a facilidade que desejo.

Tenho a sensação de falhar e de perguntar de novo a cada vez. Vou embora a contragosto. E sei que você me verá partir.

Não tenho mais medo de lhe dizer. Tanto faz se isso lhe faz mal. Tanto faz se você acha que é demais e se isso angustia você. Você tem o direito de acolher ou rejeitar.

Você é digna de ser amada, Nina.

Eu me chamo Fatima.

Fatima Daas.

Eu nasci por acidente, de cesariana.

Eu carrego o nome de uma personagem simbólica no Islã.

Eu carrego um nome que deve ser honrado.

Um nome que não se pode sujar.

No dia dos meus vinte e nove anos, vou ver a minha mãe.

Eu abro a porta.

A rainha está no seu Reino.

Há um bom cheiro de almíscar.

Uma mistura de baunilha e frutas.

Eu ponho a minha mochila no chão.

Eu digo *Salam aleykoum,* minha querida.

Ela me olha, responde ao meu *salam* sem ternura.

Aleykoum salam, Fatima.

Minha mãe veste uma jelaba[24] de algodão, verde, com motivos florais e um colete de lã. Nos pés, os mesmos chinelos rosa que minha irmã Dounia lhe deu três anos atrás.

24 Roupa tradicional árabe para homens e mulheres, espécie de vestido largo com mangas compridas. (N. T.)

Delineador preto desenha seus olhos marrons.
Ela refez uma coloração de hena.
Eu acho minha mãe cada vez mais bonita.
Eu a beijo, como sempre, no rosto.
Faz duas semanas que não dou notícias.
Ela não tentou me ligar.
Ela não me escreveu.
Mas posso sentir a sua preocupação.

Eu pergunto como ela vai. Ela responde *El hamdoulilah*.

Ela não pergunta de volta, eu faço de conta.

– Eu também, vou bem, mas estou cansada. Mais uma insônia ontem. E antes de ontem também.

Minha mãe responde simplesmente *Takhmem* que significa "cogitar".

Eu lhe dou um sorriso cúmplice.

– *Wech kayèn*?

Quando minha mãe pergunta *Wech kayèn* – O que há? –, é uma maneira de dizer: "O que há de novo?"

E quando ela me pergunta isso, só penso numa única coisa.

Eu quero contar para ela o que ela ainda não sabe.

Mas em vez disso eu digo "Ué, nada, e você?", com o mesmo jeito débil, um não-estou-nem-aí que guardei desde a adolescência.

Minha mãe tira madalenas do forno, ela as coloca na bancada com duas xícaras de chá. Diz que as fez de manhã, depois da oração, porque não conseguiu voltar a dormir.

Eu sou bem a filha da minha mãe.

Takhmem. Cogitar.

Eu me digo então que não há nenhuma ligação entre as madalenas e o meu aniversário.

Minha mãe responde:

– Prove!

Dentro das madalenas, tem uma pequena bola de chocolate branco.

Isso estala quando eu mordo.

O cheiro das madalenas substitui o de almíscar frutado.

Minha mãe propõe, pela primeira vez, me ensinar a fazer madalenas.

Para fazer para quem eu amo.

– *Gagh nass thèb lmadlène!* – Todo mundo ama as madalenas!

Eu também penso muito como ela, que todo mundo ama madalenas, sobretudo as da minha mãe, mas não lhe digo.

Eu prefiro perguntar ingenuamente:

– Mas se a gente ama alguém que não nos ama, a gente faz madalenas mesmo assim?

– A gente não ama pessoas porque nos amam de volta.

A gente as ama. Só isso.

E quando ela diz isso, tão eficaz numa única frase, me digo que é o momento de responder a sua pergunta, *Wech kayèn?* O que há de novo? O que é?

Não tem ninguém na casa. Estou sozinha com ela, no seu Reino.

Minha mãe me pergunta se quero mais chá.

Eu não estou mais lá, formulo coisas na minha cabeça sabendo que a minha língua dá sete voltas na minha boca.

Eu não respondo.

Minha mãe me serve mais um copo de chá.

Ela pega mais também.

Eu pergunto:

– A gente não deixa para ele?

Ela diz que não vale a pena.

Ele, seu marido.

Meu pai.

Ahmed Daas.

Minha mãe me ensinou a pensar naqueles que não estavam lá, mesmo quando não se estava certa de que voltariam.

Minha mãe me fala de uma reportagem que ela viu na tevê sobre as condições de trabalho de enfermeiros nos hospitais.

– *Kènt haba nwèli firmiya bessah khouya ma khalanich.* "Eu queria ser enfermeira, mas meu irmão me proibiu."

Eu digo com muita emoção à minha mãe que não é tarde demais.

– Dorka, ntouma lazem derou haja kbira bach nkoun mheniya. "Hoje, são vocês que devem fazer grandes coisas, assim estarei apaziguada."

Ela disse *mheniya*, apaziguada, descarregada, aliviada, consolada.

Eu teria preferido que ela dissesse "orgulhosa".

Mas, pensando bem, talvez seja melhor ser apaziguada do que orgulhosa.

– Eu teria que lhe contar do meu romance, mas deixa para lá, agora não.

Eu digo isso ainda com o mesmo tom desprendido.

– Goulili dorka, waghlach tseney? "Me conta hoje, por que esperar?"

Minha impaciência, ganhei da minha mãe.

Eu esperei vinte e nove anos. Ela tinha razão.

Por que esperar mais?

É a história de uma garota que não é bem garota, que não é nem argelina nem francesa, nem de Clichy nem de Paris, uma muçulmana, acredito, mas não uma boa muçulmana, uma lésbica com uma homofobia integrada. O que mais?

Eu penso muito.

Soa falso.

Eu não solto nada.

Eu digo à minha mãe que eu vou dar para ela ler. Ela não insiste mais. Ela abre um armário, imagino que ela ainda vai me oferecer um pedaço de bolo. Já sei que vou partir com dois quilos a mais.

Mas, em vez disso, minha rainha tira do armário um caderno, escrito em letras grandes: *Present for you.*

– Feliz aniversário, *benti.*

Minha filha.

Este livro foi editado pela Bazar do Tempo
em abril de 2022, na cidade de São Sebastião do Rio de Janeiro,
e impresso no papel Pólen Natural 80g/m², pela gráfica Pifferprint.
Foram usadas as tipografias Astoria Sans e Athelas.

1ª reimpressão, maio 2023